KB123969

로크미디어가
유혹하는
재미있는 세상
ROK
MEDIA
로크미디어

개혁군주

개혁 군주 15 완결

2023년 2월 20일 초판 1쇄 인쇄
2023년 2월 23일 초판 1쇄 발행

지은이 이윤규
발행인 강준규

기획 이기헌 왕소현 박경무 강민구 조익현
책임편집 최전경
마케팅지원 이원선

발행처 (주)로크미디어
출판등록 2003년 3월 24일
주소 서울시 마포구 마포대로 45 일진빌딩 6층
Tel (02)3273-5135 **Fax** (02)3273-5134
홈페이지 rokmedia.com **E-mail** rokmedia@empas.com

값 9,000원

ISBN 979-11-408-0300-2 (15권)
ISBN 979-11-354-7367-8 04810 (세트)

개혁군주

이윤규 대체역사 소설 15 완결

| 세상의 끝에 서다 |

차례

동서양의 황제가 만나다 7

치관보다 더 중요한 이권 41

기범선 시대가 열리다 63

몽유도원도의 귀환 87

이주 시대와 북미 갈등 111

텍사스의 모래바람 135

철저한 응징 159

종두득두 183

철도로 대륙을 넘다 211

북미 순행 237

세인트루이스 회담 261

대륙의 끝 285

동서양의 황제가 만나다

황제가 서류 제목을 읽었다.

“첫 과업은 기범선 건조입니다. 오 총장은 지난해 회전날개축이 개발되었다는 사실을 알고 있지요?”

오형인이 즉각 대답했다.

“국방과학연구소에서 개발에 성공했다는 소식은 들었습니다.”

“본래 기범선 건조 계획은 고인이 되신 백 국방상과 함께 추진하려고 했었지요. 그러나 아쉽게도 짐이 말을 꺼내자 사퇴를 말씀하신 바람에 잠시 보류되었던 사안입니다.”

백동수가 거론된 것만으로도 참석자들의 얼굴에 긴장감이 어렸다.

오형인이 목소리를 높이면서 추진에 열의를 보였다.

"바람의 영향을 받지 않고 배를 운항하는 것은 뱃사람들의 오랜 소망입니다. 그런데 그 사업이 전임 국방대신님의 유업이라면 저의 모든 역량을 쏟아부어서라도 반드시 성공해 내겠습니다."

황제가 고마워했다.

"고마운 말씀이네요. 그러나 크게 걱정하지 않아도 됩니다. 회전날개축의 완성은 범선의 추진력이 확보된 것이나 마찬가지니까요."

"아! 그렇사옵니까?"

"예. 그러니 수군에서는 기범선의 무장 개선과 장갑 문제를 집중적으로 연구하면 됩니다. 그러면서 철갑선 개발도 함께 시작하세요."

국방대신 류성훈이 크게 놀랐다.

"폐하, 철갑선이라면 전함을 철로 만들라는 말씀이옵니까?"

"그래요. 우리는 이미 오래전부터 거북선 개발과 건조를 통해 장갑함 건조에 대한 경험을 갖고 있어요. 그런 건조 기술을 바탕으로 선체를 비롯한 기관실과 화약고와 같은 주요 부위를 철판으로 덮는 장갑함을 먼저 만들어 보세요. 그렇게 장갑함을 만들면서 기술을 축적한 뒤에 철선 건조를 추진해야 하고요."

오형인이 굳은 표정으로 대답했다.

“알겠습니다. 우리 수군의 함정연구소 기술진을 국방과학연구소로 보내 협업부터 시작하겠습니다.”

황제가 크게 기뻐했다.

“아주 좋은 생각입니다. 군사기술은 반드시라고 할 만큼 협업이 필요합니다. 그렇게 개발된 기술은 민간에도 다양하게 적용할 수 있지요. 그러니 기왕 협업을 추진할 거라면 적극적으로 임해 주세요.”

“명심하겠습니다.”

황제가 류성훈을 바라봤다.

“다음으로 추진할 사업은 연발소총과 기관총 개발이에요.”

황제는 화기 개발과 장점에 대해 설명했다. 이전 지식을 되살려 가며 해 준 설명에 모두는 놀랐다.

류성훈의 목소리가 높아졌다.

“폐하, 꿈의 기술이옵니다. 연발사격이 가능한 소총과 기관총이 나온다면 가히 일당백이 되고도 남겠사옵니다.”

오형인도 동조했다.

“그렇사옵니다. 기관총은 우리 수군에도 아주 유용하게 쓰이겠사옵니다.”

황제도 동의했다.

“정확히 보셨네요. 국방과학연구소에서 지난 몇 년 동안 새로운 화약을 개발하고 있다는 사실을 모두 알 겁니다. 그 화약은 화연도 거의 발생하지 않고 폭발력도 뛰어나지요. 그래서 이름도 무연화약이라고 미리 지어 놨고요. 그 무연화약이 개발되고 기관총도 개발에 성공한다면 분당 수백 발의 발사 속도에다, 유효사거리는 적어도 1천 미터 이상 나올 겁니다."

모두가 깜짝 놀랐다.

"그렇게나 많이 나옵니까?"

"물론이에요. 그 정도의 위력은 나와야 육전 최강의 화기라는 이름에 걸맞지요. 그리고 짐이 예상한 유효사거리는 최소란 점만 아세요. 기관총이 제대로 만들어지면 모두 깜짝 놀랄 겁니다."

오형인이 크게 기뻐했다.

"폐하께서 장담하시는 것을 보니 분명 걸작이 탄생하겠사옵니다. 다른 나라는 함포의 유효사거리조차 1천 미터가 나오지 않는 상황이옵니다. 그런데 기관총이 적국의 함포보다 사거리가 길면 해전에서 무시무시한 위력을 발휘할 것이옵니다. 더구나 지금은 목선의 시대입니다."

황제도 웃으며 거들었다.

"하하하! 맞아요. 거리만 적당하면 기관총은 목제 선체도 가볍게 뚫을 수 있지요. 그런 상황이 전투 중에 발생한다면 상대는 경악할 겁니다."

오형인이 탄성을 터트렸다.

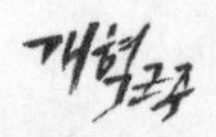

"아아! 말씀만 들어도 심장이 뛰옵니다."
류성훈도 거들었다.
"육전도 사정은 마찬가지입니다. 그 정도 위력이라면 공성전과 고지 전투에서 무쌍한 위력을 발휘할 수 있사옵니다."
황제가 장담했다.
"두 분의 지적이 정확합니다. 두 종의 화기가 개발된다면 전투의 역사는 분명 개발 이전과 이후로 나뉠 겁니다."
류성훈의 어조가 감상에 젖었다.
"폐하, 솔직히 과거에는 이런 시절이 올 거라고 예상조차 못 했사옵니다. 그런데 폐하께서 개혁을 시작하고 불과 20년이 조금 넘은 세월입니다. 그 세월을 저는 마치 200년처럼 산 거 같습니다. 정말 짧은 시간에 우리는 누구도 예상 못 할 정도로 장족의 발전을 하고 있사옵니다. 세상의 어느 나라도 감히 따라오지 못할 정도로요."
황제가 동조하며 화답했다.
"예, 맞습니다. 모두가 합심 노력해서 오늘의 영광을 갖게 되었지요. 유럽 제국은 나폴레옹전쟁의 여파를 걷어 내기 위해 정신들이 없습니다. 우리는 그래서 일본만 신경 쓰면 됩니다. 그것도 우리에게 유리하게 내전이 끝나도록 모리 가문을 지원만 해 주면 되고요."
모두가 고개를 끄덕였다.
"우리는 국력을 드높일 수 있는 너무도 귀중한 시간이 생겼습니다. 그래서 내각은 오로지 국가 발전을 위해 노력하고 있습니다. 그러니 군도 지금과 같은 귀중한 여유 시간을 최대한 잘 활용해 주기 바랍니다.”

모두가 동시에 소리쳤다.

“명심하겠사옵니다!”

황제가 자리에서 일어나 모든 지휘관과 일일이 악수를 나누었다. 그렇게 회의를 마친 황제는 백동수의 사망으로 무거워진 기분을 한결 덜어낼 수 있었다.

❁

며칠 후.

황제가 기운을 차렸다는 사실을 알았는지 멀리서 손님이 찾아왔다. 사전에 연락이 되었는지 상해총독 오도원이 손님을 데리고 입궐했다.

오도원이 소개했다.

“폐하, 러시아 황제의 특사인 스트로가노프 백작이옵니다.”

스트로가노프 백작이 한발 나섰다.

“고귀하신 러시아 차르의 특사인 파벨 스트로가노프 백작이 동방의 태양이신 대한제국 황제 폐하께 인사드립니다.”

스트로가노프 백작이 모자를 벗고는 정중히 한쪽 무릎을 꿇으면서 고개를 숙였다.

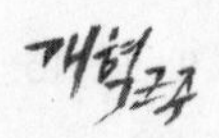

최상의 예를 표한 그에게 황제가 화답했다.

"먼 길을 오느라 고생이 많았소이다. 귀국의 황제께서는 안녕하시오?"

"폐하의 염려 덕분에 잘 지내시옵니다."

"나폴레옹전쟁에서 귀국이 가장 많은 피해를 입었다 들었소? 어떻게 전후 복구 사업은 잘 진행되고 있소?"

스트로가노프 백작이 고개를 저었다.

"좋은 대답을 드려야 하는데 죄송합니다. 안타깝지만 그렇지 못한 것이 솔직한 현실입니다."

"무슨 문제가 있는 거요?"

스트로가노프 백작이 아쉬워했다.

"조국 전쟁의 여파가 의외로 깊습니다. 프랑스군이 너무 깊숙이, 오랫동안 머무르면서 너무 많은 피해가 발생했습니다. 그럼에도 프랑스로부터 배상금을 거의 받지 못하다 보니 재건 자금이 크게 부족한 형편입니다."

"짐이 알기로 백작의 가문을 비롯한 귀족 가문에서 상당액의 헌금을 했다고 하던데요. 그럼에도 재건 자금이 많이 부족한가 봅니다."

"예, 그렇습니다."

본래는 가벼운 인사로 건넨 말이었다. 그런데 스트로가노프 백작이 의외의 대답을 하는 바람에 분위기가 이상해졌다.

황제가 진심으로 위로했다.

“전쟁이 끝난 지 2년인데 안타까운 일이군요. 귀국 황제께 진심으로 위로의 말을 전해 주시오.”

“감사합니다. 차르께서도 폐하의 아량에 고마워하실 것이옵니다.”

스트로가노프 백작이 선물을 바쳤다. 그가 가져온 것은 순백색의 담비 가죽으로 만든 모피 코트였다.

황제는 그의 선물에 감사를 표했다.

“좋은 선물 고맙소이다. 우리 황후께서 아주 좋아하시겠어요.”

“기쁘게 받아 주셔서 감사드립니다.”

이어서 잠시 한담이 오갔다.

스트로가노프 백작은 대화를 나누면서도 최대한 예의를 표시했다. 그런 백작의 모습에 황제는 물론 함께한 오도원의 표정도 절로 밝아졌다.

황제가 스트로가노프 백작을 바라봤다.

“스트로가노프 백작이 황제의 특사로 짐을 찾아온 목적이 무엇이오?”

스트로가노프 백작이 가져온 서류를 바쳤다.

황제가 그 서류를 펼쳐 읽다 놀랐다.

“이건 러시아 황제의 초청장이지 않소?”

스트로가노프 백작이 설명했다.

“그러하옵니다. 우리 차르께서는 대륙종단철도 개통식에

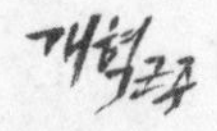

맞춰 황제 폐하와 회동하고 싶어 하십니다."

갑작스러운 초대였다.

그럼에도 황제는 거부하지 않았으나, 거리가 멀어도 너무 멀었다.

"짐도 러시아를 둘러보고 싶은 생각은 있소. 그러나 거리가 너무 멀어서 실행에 옮기는 일은 쉽지 않을 거 같소이다."

스트로가노프 백작이 의외의 발언을 했다.

"폐하께서 러시아까지 오지 않으셔도 됩니다."

황제가 눈을 크게 떴다.

"아니, 그게 무슨 말이오? 차르께서 초대했는데 러시아를 가지 않아도 되다니요?"

스트로가노프 백작이 설명했다.

"개통식 날짜를 먼저 맞추어야겠지요. 그런 뒤 양측이 개통식을 마치고 동시에 철도를 타고 출발해서 중간지점에서 만나자고 하십니다. 그런 식으로 만남이 성사되면 역사에 길이 남을 동서양의 회동이 될 것이라고 하셨습니다."

황제가 크게 반겼다.

"아주 기발하고 좋은 생각이오. 중간지점이라면 중앙 초원이 되겠군요."

"그렇습니다."

황제가 문제를 지적했다.

"그런데 문제가 하나 있어요. 본국과 귀국은 거리가 멀어서 시간대가 맞지 않아요. 이 문제는 어떻게 해결하면 좋겠소?"

스트로가노프 백작이 주저 없이 설명했다.

"귀국이 만든 대륙종단철도입니다. 우리는 귀국의 시간에 맞춰 출발하겠사옵니다."

"고마운 말씀이오. 그러나 그렇게 되면 러시아가 일방적인 양보가 되어 쓸데없는 말이 나올 수 있습니다. 그러니 이렇게 합시다."

"혜안이 있으며 말씀해 주십시오."

"귀국과 우리의 시차가 7~8시간일 겁니다. 그러니 양국이 편의에 맞춰 개통식을 열도록 합시다. 그러고는 기차의 속도를 조절해 가며 시간을 맞추면 아무 문제가 없을 겁니다."

스트로가노프 백작이 반색했다.

"아! 그렇습니다. 열차의 속도를 조절해서 만나면 되겠군요."

"그래요. 그러면 서로의 체면을 훼손하지 않으면서 역사적 만남을 이룰 수 있을 거요."

"현명한 방법입니다. 우리 러시아는 전적으로 폐하의 의견에 따르겠습니다."

"알겠습니다. 그러면 일정은 실무자들이 따로 만나 조절하세요."

황제의 재가가 떨어지자 역사적 회동을 위한 협상이 시작되었다.

협상은 일사천리로 진행되면서 스트로가노프 백작은 이틀 후 본국으로 귀환했다.

8월 15일.

대륙종단철도 개통식이 열렸다.

개통식 전날 전야제가 먼저 열렸다. 역사적 의미가 남다른 행사에 수많은 내외 귀빈이 초대되었다.

대한제국은 몇 년 사이 수교국이 10개국 이상 늘어났다. 유럽에서 전쟁이 끝나면서 네덜란드와 몇 개국이 자주권을 회복하거나 독립했다.

대한제국은 이들 유럽 국가 모두와 수교했다. 여기에 아시아의 몇 개국도 새롭게 수교했다.

전야제에는 황제가 직접 참여했다. 이날, 불꽃놀이까지 실시되어 행사를 더 풍성하게 만들었다.

그리고 당일.

개통식은 기차가 도착하면서 시작되었다.

이 기차는 부산을 출발해 한양에서 태황제를 태우고 요양까지 올라왔다. 황제는 태황제를 직접 모시기 위해 역사까지 나가 대기했다.

이렇게 시작된 개통식은 성대했다.

황제는 개통식에 맞춰 철도 건설에 공을 세운 십여 명을 포상했다. 이어진 식후 행사는 국군의장대까지 참석하며 수

많은 볼거리를 제공했다.

환영 행사를 친견한 태황제는 바로 귀환했다. 황제는 이런 태황제를 전송하고는 황후와 함께 황실 전용 열차에 탑승했다.

초대받은 귀빈과 외교사절도 탑승했다. 그렇게 모두를 태운 기차가 드디어 기적을 울렸다.

빵!

기적 소리는 크고 우렁찼다.

기차는 제동장치가 풀리는 둔탁한 쇳소리와 함께 출발했다. 처음에는 천천히 역을 빠져나온 기차는 이내 속도를 높였다.

요양을 출발한 기차는 적당히 속도를 조절해 가며 운행했다. 그래서 연경을 거쳐 몽골 초원을 가로지른 기차는 사흘 만에 목적지에 도착했다.

대륙종단철도 중간지점에는 역이 없다. 그럼에도 이곳에서 회동하려는 까닭은 의미가 그만큼 남달랐기 때문이다.

양국 황제 회동에 맞춰 철도청 직원들이 혼신의 노력을 다했다. 덕분에 간이지만 역사도 들어섰으며, 양국 황제의 회담장도 만들어졌다.

철도는 처음부터 복선으로 건설되었다. 그래서 양국 황제가 탄 기차는 목적지에 교차로 정차했다.

기차 주변으로 경호 병력이 깔리고서 황제가 먼저 하차했다. 곧이어 러시아 황제도 자신이 타고 온 기차에서 하차했다.

황제가 먼저 다가가 손을 내밀었다.

"먼 길을 오시느라 고생이 많았습니다. 대한제국 황제이며 초원의 가한인 이공입니다."

알렉산드르 1세는 덩치가 큰 전형적인 북유럽 체형이었다. 그에 반해 황제는 어려서부터 음식에 신경을 썼음에도 170에 조금 못 미쳤다.

그러나 너무도 당당한 행동에 조금도 위축됨이 없었다. 알렉산드르 1세는 그런 황제를 감탄하는 눈으로 바라보며 손을 마주 잡았다.

"반갑습니다. 러시아의 차르이며 폴란드 국왕인 알렉산드르 파블로비치 로마노프입니다."

황제가 동행한 인물을 소개했다.

"여기 이 사람은 본국의 외무상……."

이어서 알렉산드르 1세도 동행자를 소개했다.

인사를 마친 알렉산드르 1세가 감사의 인사를 했다.

"폐하께서 선물해 주신 전용 열차가 대단히 훌륭했습니다. 소음도 적고 침대칸도 나름대로 좋아서 편안한 여행을 했습니다."

황제가 웃으며 화답했다.

"마음에 드셨다니 다행입니다."

"하하하! 마음에 들다 뿐입니까? 기차에 탑승해 보니 귀국이 얼마나 정성을 들였는지 대번에 알겠더군요. 객차 내부에 우리 황실 문양까지 사실적으로 조각해 준 점도 고마웠습니다."

황제가 웃으며 겸양했다.

"하하! 별말씀을 다 하십니다. 폐하께서 잘 활용해 주신다면 더 바랄 게 없겠습니다."

알렉산드르 1세가 고개를 끄덕였다.

"당연히 그렇게 해야지요. 지금까지는 상트페테르부르크에서 모스크바를 가고 싶어도 여러 문제 때문에 어려웠습니다. 그래서 짐도 모스크바를 몇 번 가 보지 못했지요. 그러나 이제는 달라졌습니다. 황실 전용 열차가 있어서 언제라도 안심하고 오갈 수 있어서 다행입니다."

"맞습니다. 두 도시를 왕래하려면 마차로는 며칠 이상 걸렸을 겁니다. 그런 여정은 아무리 체력이 좋다고 해도 피곤하지요."

"하하! 그렇습니다. 이번에 귀국이 새로 만든 신형기관차는 놀랍게도 800여 킬로미터를 반나절 만에 주파하더군요."

오도원이 나섰다.

오도원은 스트로가노프 백작과 현지에 머물면서 양국 황제의 회동을 준비해 오고 있었다.

"폐하, 그만 회담장으로 자리를 옮기시지요."

"그렇게 합시다. 차르 폐하. 회담장이 마련되어 있다고 하니 그리로 가시지요."

알렉산드르 1세가 환하게 웃었다. 황제가 자신을 차르로

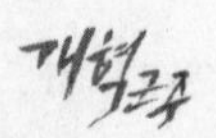

정확히 호칭했기 때문이다.

"하하하! 알겠습니다."

두 황제는 안내를 받으며 잠시 이동했다. 그렇게 해서 도착한 회담장은 의외로 깨끗했다.

황제가 치하했다.

"고생들 많았습니다. 보름 만에 만든 건물치고는 상당히 준수하군요."

오도원이 짧게 설명했다.

"우리 철도청에는 철도 관련 건물을 전담하는 부서가 별도로 있습니다. 이번에 그 건설국의 직원들이 고생을 많이 했습니다. 여기 계신 스트로가노프 백작께서는 내부를 장식하기 위해 각종 물건과 예술품을 가문에서 전부 수송해 왔고요."

황제가 치하했다.

"두 분이 이번에 고생들이 많았습니다."

알렉산드르 1세도 치하했다.

"초원 한복판에 이렇게 훌륭한 건물이 있을 줄 몰랐습니다. 짐이 보고 받기로 이곳은 역사가 아니어서 건물이 없다고 들었습니다. 그래서 차양을 쳐 놓을 줄로만 알았습니다."

"그러게 말입니다."

스트로가노프 백작이 탁자로 안내했다.

"두 분 폐하께서 앉으실 자리입니다."

황제가 권했다.

“앉으시지요.”

“그럽시다.”

두 황제가 자리에 앉자 동행한 양국 외상이 배석했다. 스트로가노프 백작과 오도원도 통역을 위해 각국 황제의 옆자리에 앉았다.

황제의 심장이 뛰었다.

동서양의 황제가 마주 앉은 경우는 지금까지 단 한 번도 없었다. 그런데 새로운 역사를 철도로 인해 쓰고 있다는 데 감흥이 일었다.

알렉산드르 1세가 먼저 입을 열었다.

“폐하를 직접 뵈면 꼭 하고 싶은 말이 있었습니다. 귀국의 지원 덕분에 조국 전쟁에서 승리할 수 있었습니다. 그 점에 대해 러시아의 차르로서 진심으로 감사를 드립니다.”

나폴레옹의 침공을 러시아는 조국 전쟁이라 지칭하고 있었다. 2년이 지난 일이지만 알렉산드르 1세는 그 당시 있었던 대한제국의 도움을 잊지 않고 감사를 표시했다.

황제가 웃으며 화답했다.

“우리가 제공한 무기가 좋은 건 맞습니다. 그러나 아무리 좋은 무기를 보유했다고 해서 전쟁에서 승리하는 건 아닙니다. 귀국의 승리는 모든 사람이 일치단결했기에 가능했습니다.”

알렉산드르 1세가 크게 웃었다.

“하하하! 그렇게 봐주시니 고맙기 짝이 없습니다. 맞는 말

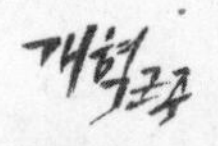

씀입니다. 승리는 우리 모두가 힘을 합친 결과가 분명하지요. 그래서 더 자랑스러운 것도 사실이고요."

"그러실 겁니다."

잠시 한담이 오갔다.

대화가 오가던 끝에 황제가 알렉산드르 1세를 보며 질문했다.

"전후 복구 사업이 더디다고 들었습니다."

알렉산드르 1세가 한숨을 내쉬었다.

"후! 솔직히 쉽지가 않군요. 조국 전쟁에 너무 많은 군비가 들어갔습니다. 그런 와중에 막대한 예산을 투입해 철도를 부설하다 보니 재정 형편이 별로 좋지가 않습니다."

"프랑스로부터 전쟁배상금을 받아 내시지 않고요."

알렉산드르 1세가 고개를 저었다.

"그렇게 할 수가 없었습니다. 프랑스는 혁명 이후 20년 넘게 전쟁을 치러 왔습니다. 거기다 카리브해의 생그맹도가 아이티로 독립하면서 재정이 엉망진창이 되었고요. 더구나 부르봉 왕조를 부활하는 마당에 거기다 짐을 안겨 줄 수 없었고요. 그랬다간 더 큰 문제가 발생할 수도 있고요."

"나폴레옹 문제 말씀이네요."

"그렇지요. 루이 18세가 즉위했으나 제대로 나라를 이끌지 못했습니다. 그 바람에 엘바로 갔던 나폴레옹이 다시 뛰쳐나올 수 있는 빌미를 제공했지요."

"그래도 100일 만에 워털루에서 영국이 승리했지 않습니까?"

"그나마 다행입니다. 만일 영국과 프로이센 동맹국이 그 전투에서 패전했다면 유럽은 또다시 전화에 휩싸였을 겁니다."

러시아는 나폴레옹이 몰락하자 프랑스 위성국인 바르샤바 대공국을 집어삼켰다.

러시아는 이미 백러시아와 우크라이나를 잘라먹었던 상황이었다. 그래서 바르샤바까지 삼키면서 전쟁 대가는 받아 낸 것이다. 그렇게 영토 확장의 욕심은 달성했으나 재정 문제가 발목을 잡고 있었다.

황제는 걱정했다.

"영토가 늘어난 만큼 재정 소요가 대폭 늘어날 터인데, 걱정이 많겠습니다."

"그렇습니다. 그래서 어려운 재정난을 타개하기 위해 귀국에 도움을 요청하려고 합니다."

황제도 짐작하고 있는 내용이었다.

"우리가 어떻게 도와드리면 됩니까?"

알렉산드르 1세가 의외의 제안을 했다.

"우리 황실이 갖고 있는 철도 지분을 귀국이 인수해 주셨으면 합니다."

황제는 깜짝 놀랐다.

"철도는 국가의 대동맥입니다. 그래서 일부러 귀국 황실의 참여를 받아들인 것입니다. 더구나 바르샤바까지 연결된

터라 갈수록 수익이 크게 증대될 것인데 그런 지분을 내놓겠다니요."

"그걸 모르지는 않습니다. 그렇지만 본국의 입장에서는 달리 매각할 만한 물건이 없습니다."

"유럽 제국에 차관을 요청해 보시지요?"

알렉산드르 1세가 단호히 말했다.

"그럴 수는 없습니다. 공연히 그런 일을 해서 우리의 약한 모습을 보여 줄 수는 없습니다."

스트로가노프 백작이 부언했다.

"현실적으로 유럽에서 차관을 제공할 정도의 국력을 가진 나라는 몇 없습니다. 그런 나라들은 우리 러시아가 강성해지는 걸 바라지 않고요. 프랑스 때문에 동맹을 맺고 있지만, 프로이센과 오스트리아는 언제 깨질지 모르는 상황입니다."

"그렇군요."

"필요하시다면 우리 가문이 보유한 사철의 지분도 차관 담보로 제공하겠습니다."

황제가 놀랐으나 이내 고개를 저었다.

"그럴 필요는 없습니다. 그리고 차르께서 제안했던 러시아 황실의 지분매각도 동의할 수 없고요."

스트로가노프 백작이 실망했다.

"하오면 차관 제공이 어렵다는 말씀입니까?"

"아닙니다. 그런 것 없이 러시아 황실과의 우의를 위해 차관을 제공해 드리지요."

알렉산드르 1세와 스트로가노프 백작의 안색이 동시에 환해졌다.

그러나 황제의 말은 여기서 끝나지 않았다.

"그런데 본국은 지금 일본과 전쟁 중입니다. 그래서 귀국이 원하는 정도의 차관을 제공할 수 있을지가 걱정이네요."

알렉산드르 1세가 실망한 표정을 지었다.

"아! 그렇습니까?"

"예. 그러니 너무 과한 금액은 부담이니 적당한 금액으로 조율했으면 합니다."

알렉산드르 1세가 백작을 바라봤다. 그러자 스트로가노프 백작이 조심스럽게 운을 뗐다.

"본래는 1억 프랑을 부탁하려고 했습니다. 그런데 귀국이 전쟁 중이라고 하니 5천만 프랑을 부탁하려고 하는데 가능하겠습니까?"

황제가 잠시 고심했다.

"상환은 어떻게 하시려고요?"

"10년 동안 분할 상환하겠습니다. 이자도 국제 시세에 맞게 지급하고요."

황제가 고개를 끄덕이며 잠시 생각에 잠겼다.

모두가 긴장하며 황제의 입이 열리기를 기다리고 있을 때, 황제가 놀라운 발언을 했다.

"좋습니다. 1억 프랑을 제공하지요."

스트로가노프 백작의 눈이 더없이 커졌다.

"가능하겠습니까?"

"어렵지만 차르께서 직접 부탁을 하시는데 만들어 봐야지요. 그리고 차관을 2년에 걸쳐 우리의 무역 은화로 분할 지급하려는데 괜찮겠습니까?"

알렉산드르 1세가 급히 동의했다.

"물론입니다. 그런데 귀국은 일본과 전쟁 중이라고 하셨는데, 무리하시는 거 아닙니까?"

"부담이 없는 건 아닙니다. 그러나 일본 공략에 생각보다 적은 전비가 들어가고 있어서 2년이라면 마련할 수 있습니다."

알렉산드르 1세가 고마워했다.

"감사합니다. 폐하께서 우리의 요청을 받아 주신 점에 대해 러시아를 대표해 감사드립니다."

황제가 화답했다.

"별말씀을 다 하십니다. 우리 양국은 가장 긴 국경을 맞대고 있는 나라입니다. 그런 양국이 다른 나라보다 더 가까워야 서로의 등이 따듯하지 않겠습니까?"

알렉산드르 1세가 호탕하게 웃었다.

"하하하! 옳은 말씀입니다. 우리 러시아가 귀국에 시베리아 동부를 넘겨드린 것은 동양 최강국인 귀국과 언제까지라도 선린우호 관계를 유지하고 싶었기 때문입니다."

스트로가노프 백작이 부언했다.

"차르의 말씀이 맞습니다. 차르께서 시베리아 동부를 넘겨주겠다는 결정에 반대하는 사람이 많았습니다. 그럼에도 결단을 내리신 것은 오직 하나, 귀국과의 우호가 더 중요하단 판단 때문이었습니다."

황제도 인정했다.

"짐도 차르 폐하께서 그런 생각으로 결단을 내렸을 거라 짐작하고 있었습니다. 그래서 오늘 부담이 되더라도 차르 폐하의 요청을 들어주겠다는 결정을 하게 된 것입니다."

알렉산드르 1세가 거듭 감사했다.

"감사합니다."

황제가 스트로가노프 백작을 바라봤다.

"백작이 우리 오 백작과 실무협상을 진행하세요. 차관 제공 금액이 많아진 만큼 상환기일은 적당히 조정을 하고요."

"두 분 폐하의 대담이 끝나는 대로 진행하겠습니다."

"그렇게 하세요."

황제가 러시아에 차관을 제공하려는 목적이 있었다.

황제는 개혁 초기부터 대한제국 화폐를 기축통화로 만들기 위해 부단히 노력해 왔다.

다행히 20여 년의 노력이 결실을 거둬 멕시코 은화를 밀어내는 성과를 거뒀다. 그러나 대한제국 화폐가 기축통화가 되기 위해서는 유럽에서도 통용되어야 한다.

황제는 이번을 기회로 활용하려 했다. 그래서 러시아에 제공하는 차관을 대한제국 무역 은화로 지급해 유럽에서의 유통을 확산시키려 했다.

1억 프랑은 미화 5천만 달러로, 금으로는 79.2톤이다. 금과 은의 비율은 1 : 15 정도로, 이를 은으로 환산하면 1,188톤이다.

무역 은화는 스페인 화폐로 8레알(Real)이다. 무게는 27.2g이어서, 대한제국이 제공하려는 차관은 무역 은화로 무려 4,376만여 개나 된다.

이 정도의 물량은 유럽이라 해도 무시 못 할 규모다. 더구나 유럽 각국은 이미 대한제국 무역 은화에 친숙해져 있다는 장점도 있었다.

그러나 문제가 있었다.

대량의 화폐가 갑자기 풀리면 부작용이 나타나지 않을 수 없다. 그런 부작용 중 가장 우려되는 점이 인플레이션이다.

황제는 이 점을 우려했다.

"짧은 시간에 너무 많은 돈이 풀리면 물가가 급격히 상승할 수 있습니다. 그렇게 되면 과거 식민지에서 들여오는 은으로 큰 곤욕을 치렀던 스페인처럼 될 수도 있습니다. 예산을 집행할 때 이점은 반드시 염두에 두어야 합니다."

러시아 외무상이 모처럼 나섰다.

"그 점은 걱정하지 않으셔도 됩니다. 우리 러시아는 이번에 확보한 차관을 전후 복구 비용과 철도와 도로, 항만건설 등에만 투입할 계획입니다."

황제가 반색했다.

"대단하군요. 귀국이 차관 사용 용도를 미리 정해 놓았을 줄 몰랐습니다. 유럽은 아직 재정을 방만하고 운영하는 것으로 알고 있었습니다."

"이게 다 스트로가노프 백작께서 차르께 강력히 건의한 때문입니다."

외무상이 스트로가노프 백작을 보며 설명했다.

"스트로가노프 백작은 귀국의 경제발전에 큰 감명을 받았다고 했습니다. 불과 20여 년 만에 동양의 최강대국으로 발전한 귀국에 경의를 표할 정도로요. 이는 차르께서도 같은 생각입니다. 그래서 차르께서는 우리 러시아의 국가 발전을 위해 대대적으로 사회간접자본부터 육성하시려고 합니다."

황제가 알렉산드르 1세를 바라봤다.

"현명한 결정을 하셨습니다. 러시아 국가 발전에 필요하다면 우리가 갖고 있는 경험도 전수해 드리겠습니다."

알렉산드르 1세가 크게 기뻐했다.

"그렇게 해 주신다면 본국으로선 더 바랄 게 없습니다. 부디 양국의 우호 증진을 위해 많은 조언 부탁드립니다."

"걱정하지 마십시오. 철도가 시작입니다. 본국도 농업 국가에서 공업 국가로의 변환에 혼신의 노력을 다하는 중입니다. 그런 경험을 귀국에 제대로 전수해 드리지요."

알렉산드르 1세는 감명을 받았다.

"참으로 고귀한 말씀입니다. 솔직히 영국을 비롯한 유럽 제국은 우리에게 제대로 된 공업 기술을 전수해 주지 않고 있습니다. 그런데 대한제국의 황제 폐하께서 이런 배려를 해 주시다니요. 러시아의 차르로서 모든 신민을 대표해 감사드립니다."

스트로가노프 백작도 거들었다.

"유럽은 본국이 공업국으로 거듭나는 것을 두려워하고 있습니다. 그래서 공업 기술이전을 의도적으로 꺼리고 있었습니다. 그래서 우리가 대한제국과 공동으로 철도를 부설한 것에 대해 크게 놀라고 있는 상황입니다."

"그만큼 귀국의 저력이 탄탄해지고 있다는 의미이지요."

"그건 맞습니다. 그리고 얼마 전 프로이센의 빌헬름 3세께서 베를린까지의 철도 부설을 제안해 왔습니다."

"아! 그렇습니까?"

"예. 우리와 같은 조건을 수용한다고 했습니다."

"그러면 귀국은 중재 대가가 없지 않습니까?"

"그렇지 않습니다. 바르샤바에서 프로이센 국경까지는 우리 러시아가 책임지기로 했습니다. 그리고 프로이센권역의 10%의 권리도 받기로 했고요."

황제가 잠시 고심했다.

"프로이센이 러시아의 체면을 어느 정도 세워 주기는 했네요. 그런데 바르샤바에서 베를린까지는 600여 킬로미터입니다. 그중 바르샤바권역을 따진다면 프로이센이 담당해야 할 거리는 절반 정도에 불과하겠네요. 그런 명목상 권리보다 실속을 챙기는 게 좋지 않겠습니까?"

러시아 외무상이 정중히 요청했다.

"폐하께서 달리 생각해 두신 바가 있습니까? 만일 있다면 고견을 부탁드리겠습니다."

"좋습니다. 공업 발전을 위해서는 철강공업이 먼저 부흥해야 합니다. 우리의 정보로는 프로이센은 지금 철강공업이 급격히 성장하는 중입니다. 철도 합작 대가로 그 기술을 넘겨받으세요."

스트로가노프 백작이 큰 관심을 보였다.

"프로이센이 철강 기술을 넘겨주겠습니까?"

황제가 지적했다.

"철도 부설을 프로이센이 먼저 요청했습니다. 우리가 프로이센의 국가 발전에 도움을 주겠다는데, 그들도 당연히 러시아 발전에 도움을 주어야지요."

알렉산드르 1세가 사정을 설명했다.

"10여 년 전, 영국에 철강 기술 전수를 요청한 적이 있었습니다. 그 당시 영국은 우리와의 관계가 좋았음에도 단칼에 거부했었던 적이 있었습니다."

"프로이센 왕실과 귀국 황실은 아주 가까운 친척으로 알고 있습니다만."

스트로가노프 백작이 한숨을 내쉬었다.

"후! 그 말은 맞습니다. 그러나 국가 발전의 기반이 될 철강 기술을 이전하는 일은 그것과는 차원이 다른 문제입니다."

황제가 손가락 2개를 폈다.

"20년의 격차입니다."

스트로가노프 백작이 어리둥절했다.

"그게 무슨 말씀입니까?"

"영국은 요즘 기관차 개발에 박차를 가하고 있다고 하더군요. 프로이센은 아직 시도조차 못 하고 있고요. 그런데 영국은 기관차를 개발한다고 해도 프로이센에게 기술을 넘겨주지 않을 겁니다."

"당연하지요. 영국은 절대 기술 공유를 하지 않습니다. 더구나 국가 발전의 원동력이 될 기관차 기술은 아마도 국가가 보호할 겁니다."

"그렇겠지요. 그런 사정을 감안한다면 프로이센은 20년 이상 노력해야 자체적으로 철도를 부설할 수 있게 됩니다. 그러니 선택을 하라고 하세요. 제철 기술을 전수하고 철도를 부설해 함께 나라를 발전시킬 것인지를 말입니다. 만일 프로이센이 거부하면 러시아는 차선을 택하세요."

"차선이라면 무엇을 말합니까?"

“오스트리아에 철도 부설을 제안하세요. 바르샤바에서 오스트리아 빈은 베를린보다 80여 킬로미터 먼 정도입니다. 오스트리아가 예산이 없다는 난색을 보이면 먼저 투자하겠다고 제안하고요. 만일 빈으로 철도가 연결되면 유럽 경제발전의 축은 아래로 이동하게 됩니다. 그러면 러시아의 영향력이 발칸반도를 넘어 이탈리아까지 미치게 됩니다.”

알렉산드르 1세가 큰 관심을 보였다.

그는 누구보다 흑해와 발칸으로의 영향력 확대를 바라왔다. 그랬기에 황제의 설명을 듣자마자 바로 나섰다.

“처음부터 오스트리아와 협상하는 게 좋지 않겠습니까?”

황제가 고개를 저었다.

“프로이센이 먼저 손을 내민 상황입니다. 그리고 귀국은 지금 공업 발전이 더 필요한 시점임을 잊지 마십시오. 오스트리아는 프로이센과의 협상을 마친 뒤에 추진해도 늦지 않습니다.”

“중요도를 먼저 생각하라는 말씀이군요.”

“그렇습니다. 협상이 실패한다고 해도 러시아는 충분한 명분을 얻게 됩니다. 그리고 제가 봤을 때 적당한 대가만 지불하면 기술이전은 충분히 가능한 일로 생각합니다.”

스트로가노프 백작이 제안했다.

“차라리 귀국의 기술을 이전해 주시지요.”

황제가 고개를 저었다.

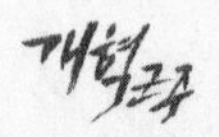

"프로이센에서 기술이전을 받는 게 좋습니다. 그래야 프로이센과의 관계가 돈독해지면서 귀국의 국경까지 안정됩니다."

"아! 맞습니다. 우리가 이번에 얻는 바르샤바대공국의 기득권을 확실히 지키려면 프로이센과의 관계가 무엇보다 중요합니다."

"예. 그러니 긴밀한 관계를 유지하세요. 그래야 귀국이 장차 진행할 흑해와 코카서스 방면 진출이 편해집니다. 더 나아가 우리와 함께 진행할 중앙 초원으로도 진출도 탄력을 얻을 수 있고요."

러시아 인사들이 크게 고개를 끄덕였다.

알렉산드르 1세가 놀라움을 숨기지 않았다.

"황제 폐하의 혜안이 너무 대단하십니다. 말씀 하나하나에 통찰력이 들어 있어서 귀를 기울이지 않을 수 없습니다. 폐하께서 동양의 현자(賢者)라는 소문이 있더니, 정말 그 말이 사실이었군요."

"동양의 현자라고요?"

오도원이 설명했다.

"지난해부터 그와 같은 말이 나오기 시작했사옵니다. 서양 상인들은 그동안 폐하께서 추진해 오신 모든 과정이 보통의 사람이라면 만들어 낼 수 없는 업적이라고 했습니다. 특히 몰락한 나폴레옹과 비교하면서 폐하는 나폴레옹보다 몇 배나 위대한 황제라고도 하고요."

황제의 용안이 붉어졌다.

"너무 과한 칭찬이군요."

"아닙니다. 소인도 그렇지만 세상의 누구라도 폐하께서 이룩한 업적을 보면 이런 말을 하지 않을 수 없을 것이옵니다."

스트로가노프 백작도 가세했다.

"오 백작의 말씀이 맞습니다. 대한제국은 우리와 버금가는 영토를 보유한 나라입니다. 그 많은 영토를 폐하께서는 치밀한 협상과 과감한 전쟁으로 일궈 내셨습니다. 유럽에서도 폐하와 같은 업적을 이룩한 군주는 일찍이 없었습니다."

알렉산드르 1세도 가세했다.

"하하! 맞는 말입니다. 우리 러시아도 폐하의 위대한 협상력에 꼼짝도 못 하고 광활한 영토를 넘겨주었습니다. 만일 그 당시의 어려움만 아니었다면 결코 있을 수 없는 협상이었지요. 덕분에 우리는 세상에서 제일 든든한 우방을 얻게 되었으니 오히려 감사한 일이 되기는 했지만요."

황제가 크게 당황했다.

지금까지 여러 사람으로부터 이렇듯 대놓고 칭찬을 받은 경우는 없었다. 그것도 러시아의 황제와 대신들까지 포함한 자리여서 더 난감했다.

그 모습을 본 사람들은 크게 웃었다.

"하하하!"

사람들의 웃음소리가 높아지면서 황제는 더 무안해했다.

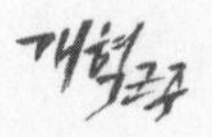

그러던 어느 순간 황제도 마음을 열고 그들과 함께 호탕하게 웃었다.

"하하하!"

양국 황제가 서로를 보고 호탕하게 웃었다.

덕분에 회담장은 웃음으로 가득했다.

차관보다 더 중요한 이권

그렇게 한바탕 웃은 황제가 제안했다.

"좋습니다. 그러면 양국의 공업 발전을 위해 제안을 하나 하지요."

알렉산드르 1세가 바로 동의했다.

"좋은 말씀입니다. 양국의 공업 발전을 위해서라면 당연히 받아들이겠습니다. 말씀하십시오. 우리가 무엇을 도와드리면 되겠습니까?"

"귀국이 페르시아와의 전쟁에 승리해 바쿠 지역을 확보한 것으로 압니다."

"맞습니다. 아제르바이잔은 100여 년 오스만으로부터 쟁취했다 다시 넘겨주었었지요. 그런 아제르바이잔을 페르시아가 쟁취한 것을 몇 년 전 우리가 되찾았지요."

"그랬군요. 차르 폐하께서는 그 지역에서 생산되는 원유에 대해 알고 계시는지요?"

알렉산드르 1세가 바로 알아들었다.

"아! 불을 밝히고 고약의 원료로 사용되는 원유 말씀이지요?"

"그렇습니다."

"그런 원유를 생산하는 유전이 바쿠에 있는 것으로 알고 있습니다. 외무상. 그 지역 유전이 지금 어떻게 되어 있습니까?"

러시아 외무상이 대답했다.

"아제르바이잔을 되찾은 뒤 국유화해서 생산업자들에게 불하해 주었습니다."

"혹시 연간 생산량이 얼마인지는 아시나요?"

스트로가노프 백작이 나섰다.

"그건 우리 가문 상단이 원유를 거래하고 있어서 누구보다 잘 압니다. 바쿠 일대의 유정은 120여 개 됩니다. 그 유정에서 생산되는 원유는 한해 3톤이 조금 넘고요."

3톤이라는 말에 황제가 놀랐다.

"3톤이라고요?"

"왜? 그렇게 놀라시지요?"

"아니오."

황제가 내심 크게 놀랐다.

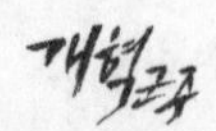

'이게 뭐야. 바쿠유전은 전성기 시절 하루 수백만 배럴을 생산하면서 유럽의 공업 발전에 견인차 역할을 할 정도로 매장량이 풍부한 곳이다. 그런데 1년에 겨우 몇만 배럴에 불과한 3톤을 생산하고 있다니. 으음! 그렇다는 건 그동안 지표에서 채취하고 있겠구나.'

황제가 눈을 빛냈다.

"스트로가노프 백작, 생산업자들에게 불하한 권리를 모두 매입하고 싶은데 가능하겠습니까?"

갑작스러운 제안에 스트로가노프 백작은 순간 당황했다.

그러나 백작은 바로 고개를 끄덕였다.

"차르께서 나서서 별도의 명령을 내려 주신다면 어렵지 않은 일입니다."

황제가 알렉산드르 1세를 바라봤다.

"차르 폐하, 바쿠 지역을 우리가 개발하게 해 주십시오. 그러면 원유생산량을 획기적으로 늘려 양국의 공업 발전에 큰 도움이 되도록 하겠습니다. 그렇게 해 주신다면 현물로 원유생산량의 15%를 납부하겠습니다."

이 무렵 바쿠의 원유생산량은 황제가 놀랄 정도로 극히 저조했다. 더구나 아직 원유는 불을 밝히거나 고약의 원료 등 사용처가 제한적이었다.

알렉산드르 1세가 고개를 갸웃했다.

"원유가 공업 발전에 도움이 되기는 합니까?"

황제는 구구절절 설명하지 않았다. 그럴 필요도 없었으며, 그랬다간 러시아가 절대 이권을 넘겨주지 않을 것으로 예상되었기 때문이다.

그래서 당장의 효용성만 설명했다.

"원유를 가공하면 불을 밝히는 등유를 만들어 낼 수 있습니다. 그런 등유가 대량으로 생산이 된다면 그 자체만으로도 큰 도움이 됩니다."

이어서 등불의 효용가치를 설명했다.

그 설명을 들은 알렉산드르 1세가 크게 머리를 끄덕였다.

"그렇군요. 등유를 값싸게 공급하면 그것만으로 큰 도움이 되겠습니다."

"그렇습니다. 밤이 밝아지면 야간에도 작업을 할 수 있어서 생산성 증대에도 도움이 됩니다."

알렉산드르 1세가 바로 승인했다.

"좋습니다. 생산업자들에게 불하된 채굴권을 전량 회수해서 넘겨드리지요."

"감사합니다. 그리고 현명한 결정을 내리셨다는 것을 반드시 보여 드리겠습니다."

"아닙니다. 이미 대한제국의 협조로 막대한 차관을 받은 우리입니다. 이 정도의 편의는 솔직히 아무것도 아니지요."

차르는 자신의 결정이 얼마나 큰 이권인지 모르고 흔쾌히 웃어넘겼다.

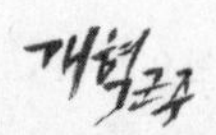

황제는 그런 차르에게 한 번 더 감사를 표시했다.

만남은 사흘 동안 이어졌다.

양국 황제는 함께 산책까지 해 가면서 많은 대화를 나누었다. 러시아로서도 대한제국으로서도 이번 만남의 의미는 남달랐다.

러시아는 막대한 차관을 받아서 국가 재건의 기틀을 마련했다. 아울러 철도를 활용한 공업 발전의 기회도 얻게 되었다.

이뿐이 아니었다. 중앙 초원 진출에 대한 협의까지 끌어내면서 최고의 성과를 거두었다.

대한제국도 얻은 게 많았다.

대한제국은 철도 개통을 이용해 유럽 시장을 공략하고 싶어 했다. 그런데 이번 회담을 계기로 러시아를 적극 활용할 기회가 생겼다.

그리고 차관 제공에 대한 실익도 상당했다.

대한제국도 그렇지만 유럽도 아직 은행이 활성화되지 않았다. 그 바람에 시장에서 자본을 구하기가 어려워 연리 50~60%는 기본이었다.

이번에 제공한 차관은 천은으로 3,200만 냥 정도 된다. 여기서 나오는 이자만 해도 천은 150만 냥이나 되는 막대한 금액이다.

물론 양국 간의 조율로 이자율이 낮아지기는 했다. 그러나 천은 100만 냥 이상의 이자수익을 거둘 수 있게 되면서 재정이 풍족해졌다.

대한제국이 막대한 차관을 제공하는 이유가 있었다. 황제는 그동안 대한은행에 보관된 금과 은을 누구도 손대지 못하게 했다.

그러나 이번은 달랐다.

국가 간의 계약에 따른 차관이어서 처음으로 대한은행의 금고를 열었다. 더구나 상대가 러시아였으며, 일본 공략에 생각보다 적게 전비가 투입된 점도 큰 도움이 되었다.

그리고 무엇보다 바쿠(Baku)유전에 대한 개발권을 얻었다.

대한제국은 유전 지대가 산재해 있다. 그러나 아직 채굴기술이 부족해 수천 미터 아래의 원유를 생산할 수가 없었다. 그리고 북미 지역은 아직 안정이 되지 않아 텍사스 지역은 손을 대기 어려운 것이 현실이다.

그런데 바쿠를 얻으면서 상황이 바뀌었다. 손쉽게 원유를 확보할 수 있는 길이 열린 것이다.

바쿠유전은 원유가 얕게 묻혀 있다. 그래서 천여 년 전부터 흘러넘치는 원유를 활용해 왔었다. 이런 환경이어서 채굴기술을 배양하는 데에도 더없이 좋은 학습장이다.

바쿠유전을 확보하면서 유럽 공업 발전에 완전히 한 발 걸치게 되었다. 황제는 이 사실이 무엇보다 기뻤다.

회담 마지막 날.

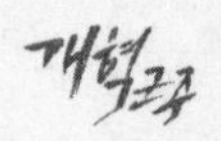

양국 정상은 우호 협력조약과 상호 불가침조약에 서명했다. 황제는 회담 장소를 미르(Mir)로 명명했다.

미르는 러시아어로 평화라는 뜻이고 우리 고어로는 용(龍)을 의미한다. 용은 따로 제왕을 의미한다는 설명에 알렉산드르 1세는 크게 기뻐했다.

알렉산드르 1세는 미르역사(驛舍)를 러시아가 건설하겠다고 선포했다. 황제는 그 결정에 환영하면서 미르 일대를 적극 개발하겠다고 약속했다.

"조심해 가십시오."

알렉산드르 1세가 호탕하게 웃었다.

"하하하! 만나서 반가웠습니다. 유럽의 수많은 국가원수를 만나 왔지만, 이번처럼 기분 좋았던 만남은 없었습니다."

"다행입니다. 언제 다시 만날지 모르겠지만 늘 건강하시기 바랍니다."

"황제께서도 조심해 가시오."

불과 사흘의 만남이었다.

더구나 나이 차가 상당했음에도 두 정상은 오랜 지기처럼 해어짐을 아쉬워했다. 황제는 알렉산드르 1세를 먼저 배웅하고서 귀환 열차에 올랐다.

사흘 후.

황제가 황도로 귀환했다.

황제는 내각 전체 회의를 소집했다. 그러고는 미르에서 있었던 러시아와의 협정에 대해 설명했다.

정약용이 우려를 나타냈다.

"러시아와 본국은 가장 긴 국경을 마주하고 있습니다. 그런 러시아와 우호 협정에 이은 불가침협정을 체결한 점은 축하할 일입니다. 하오나 제공되는 차관의 금액이 너무 많은 것이 걱정이옵니다."

황제도 그의 우려를 모르지 않았다.

"러시아의 상황이 우려된다는 말이군요."

"그렇사옵니다. 러시아가 지급해야 할 이자만 매년 천은 100만 냥이 넘습니다. 거기다 원금도 함께 분할상환해야 하고요. 그렇게 되면 해마다 천은 200만 냥 가까이 되는데, 그걸 러시아가 무리 없이 상환해 줄지 걱정이옵니다."

황제가 고개를 끄덕였다.

"상환만 정확하다면 나쁘지 않다는 말이군요."

"물론이옵니다. 막대한 이자가 무려 30년 동안 들어옵니다. 국정을 책임지고 있는 신으로선 당연히 기뻐할 일이지요."

"그렇다면 걱정하지 않아도 됩니다. 우선은 차관 제공을 2년에 걸쳐서 지급하기로 해서 국고 부담이 별로 없습니다. 그리고 북미에서 해마다 100여 톤의 금이 들어오고 있어요. 더구나 북미 은광에서도 천여 톤의 은이 유입되고 있어서 재원 마련은 걱정이 없어요."

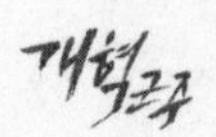

캘리포니아 지역에서 발견된 금광은 매장량이 엄청났다. 황제는 이런 금광 지역에 병력을 배치하고는 철저하게 외부와 차단하고 개발했다.

그 결과 한 해 금의 채굴량이 본래 예상을 훌쩍 넘는 100여 톤에 달하고 있었다. 그뿐이 아니라 캘리포니아 내륙에서 발견된 은광에서도 막대한 양의 은이 산출되고 있었다.

수상도 당연히 이 점은 알고 있었다.

"신이 우려하는 것은 재원 마련이 아니옵니다."

황제가 손을 들었다.

"회수를 걱정한다는 사실을 모르지 않아요. 그러나 대륙종단철도가 운행되는 한, 회수는 걱정하지 않아도 됩니다. 그리고 짐이 러시아에 차관을 제공하는 건 본국 화폐를 기축통화로 만들기 위한 심모원려임을 알아주세요."

정약용은 황제의 염원을 잘 알고 있었다.

"아! 그렇사옵니까?"

"동양에서는 우리 무역 은화가 확고하게 자리를 잡았습니다. 그러나 유럽이나 신대륙에서는 아직은 영향력이 미미한 실정이에요. 이번에 짐이 러시아와 협의해 차관을 무역 은화로 제공하겠다고 결정한 것은 바로 이 때문이에요. 그러니 이 문제만큼은 짐의 선택을 존중해 주었으면 합니다."

정약용이 두말하지 않았다.

지금까지 단 한 번도 황제의 선택이 잘못된 경우가 없었다. 그런 황제가 양해까지 구한 문제를 끝까지 반대할 수는 없었다.

“알겠습니다.”

대답은 했지만, 정약용의 안색은 어두웠다. 그런 모습을 본 황제가 크게 웃었다.

“하하하! 수상께서는 그래도 불안한가 봅니다.”

정약용이 솔직히 대답했다.

“황명이니 따라야지요. 허나 너무 엄청난 금액이어서, 솔직히 불안감이 가시지 않습니다.”

“걱정 마세요. 이번에 협상을 하면서 우리는 러시아에 제공한 차관보다 몇 배, 아니 몇십 배 이상의 가치가 있는 이권을 얻어 냈습니다.”

황제가 바쿠 유전에 대해 설명했다.

“……이 유전이 정상 가동된다면 우리의 공업은 엄청난 속도로 발전하게 될 겁니다. 아울러 유럽으로 원유를 수출해 막대한 국부를 축적할 수 있을 것이고요.”

정약용이 눈물까지 글썽이며 기뻐했다.

“역시 폐하십니다. 그러면 그렇지요. 폐하께서 직접 나서셨는데 양보만 하는 협정을 체결해 오실 리가 없지요.”

이어서 다른 대신들도 다투어 황제가 가져온 성과에 찬사를 표했다.

황제는 그들이 찬사가 끝날 즈음 말을 이었다.

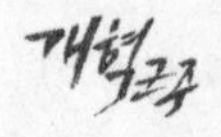

“바쿠 유전 지대를 제대로 개발하기 위해서는 철도부터 부설해야 합니다. 그러니 외무상은 즉시 협상단을 꾸려 러시아를 다녀오세요.”

“예, 폐하.”

“그리고 공업상은 유전 개발을 위한 기술자를 선발하세요. 선발이 완료되면 짐이 그들에게 기본적인 지식을 전수할 겁니다.”

황제가 직접 나선다고 하자 공업상의 목소리가 높아졌다.

“최대한 빨리 지원자를 모집하겠습니다.”

“그렇게 하세요. 그리고 정부 주도의 석유공사를 별도로 설립하세요. 자본은 상무사와 내각이 공동으로 투자하고요.”

“5 : 5로 하면 되겠습니까?”

황제가 고개를 저었다.

“내각이 많은 7 : 3으로 하세요. 그러다 바쿠유전이 본격적으로 개발되면 적당한 시기에 공사 지분 30%를 민간에 매각하고요.”

“황명에 따라 시행하겠습니다.”

대한석유공사의 탄생이었다.

황제의 지시가 이어졌다.

“지금까지 서양을 비롯한 전 세계의 예술품을 다양하게 수집해 왔습니다. 특히 나폴레옹의 도움으로 큰 성과를 거둬 왔지요. 그리고 이번에 만난 러시아 황제도 자신들이 보유한 예술품을 차관 제공의 선물로 보내 준다고 약속했어요. 그러나 아쉽게도 지금까지 수집한 예술품을 전시하고 보관하고 전시할 공간이 없어요. 그래서 짐은 원명원을 개축해 전시공간을 만들어 민간에 개방하려고 합니다."

회의장이 술렁였다.

정원용이 바로 만류했다.

"폐하! 황도의 별궁은 원명원이 유일합니다. 그런 원명원을 개방하시다니요. 하오면 폐하와 황실 어른들이 사용할 별궁을 새로 건립해야 하옵니다."

황제가 고개를 저었다.

"그럴 필요가 없어요. 이전이었다면 별궁이 많아야 했지요. 그러나 지금은 자금성이 몇 개의 권역으로 나뉘어 있어요. 그런 권역을 잘 활용하면 몇 개의 별궁이 있는 거나 마찬가지 효과를 거둘 수 있어요. 더구나 이제 행정 실무는 내각이 처리하고 있지 않습니까?"

"하오나 폐하와 황실 어른들이 휴식을 취하는 곳이 없지 않사옵니까?"

황제가 고개를 저었다.

"걱정하지 않아도 됩니다. 요서의 금주에서 적봉을 통과해 몽골을 연결하는 철도가 부설되고 있어요. 그 노선이 적봉까지 완공되면 여기서 열하산장까지 하루면 도착하게 됩니다. 더 필요하면 연경의 별궁을 이용하면 되고요. 그러니

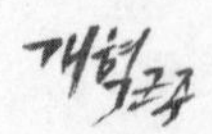

원명원을 활용할 방안을 잘 모색해 보세요."

황제가 이렇게 의지를 분명히 했다.

그러자 정약용도 어쩔 수 없이 고개를 숙였다.

"알겠습니다."

황제의 이 결정은 큰 반향을 불러왔다.

서양에서는 궁전을 미술관이나 박물관으로 개조하는 경우가 종종 있었다. 그러나 동양에서 황궁을 개조하는 경우는 그동안 한 번도 없었다.

그래서 황명으로 원명원을 개조할 거라고는 누구도 예상 못 했다. 소문이 나면서 황제에 대한 존경심은 하늘을 찌를 듯 높아졌다.

내각은 원명원에 대형 박물관과 미술관을 건설하기로 결정했다. 그리고 주요 도시에도 박물관과 미술관을 새롭게 건립하기로 했다.

황제는 세자 시절부터 고미술품과 서적 수집에도 큰 관심을 가져왔다. 이러한 황제의 예술품에 대한 관심은 처음에는 큰 관심을 받지 못했다.

그러다 황제가 국가 개혁을 주도해 나가면서 여론은 급격히 변했다. 특히 태황제가 역사 인식을 재정립하라는 교지를 내리면서, 그동안 묻혀 있던 역사 서적들이 대거 세상에 첫선을 보였다.

가치가 있는 물건에 대한 기증도 폭넓게 확산되어 왔다.

이렇게 수집된 유물의 상당수는 지방에 설립된 대학에 기증되거나 보관되어 왔다.

그러나 서양 예술품에 대한 미술관과 박물관은 아직 없었다. 그러다 이번에 황명에 의해 제대로 된 미술관과 박물관을 건립하게 되었다.

황제의 지시는 여기서 끝나지 않았다.

"본토와 북방의 문화재에 대한 발굴과 복원도 적극 추진하세요. 특히 전국 각 대학 고고학과에 대륙 지역 문화재 발굴도 의뢰하시고요."

정약용이 약속했다.

"한 치의 어긋남이 없도록 시행하겠사옵니다."

"고맙습니다. 지금까지 우리는 산업 발전에 일로매진해 왔습니다. 워낙 산업기반이 열악한 바람에 나라의 역량을 집중할 수밖에 없었고요. 그러나 이제부터는 문화예술 부분도 적극 챙겨야 합니다. 그러니 내각은 학계와 연계해 다양한 사업을 펼쳐 주기 바랍니다."

내각의 모든 대신이 머리를 숙였다.

"명심하여 추진하겠습니다, 폐하."

그리고 며칠 후.

뜻밖의 인물이 황제를 찾았다.

"폐하! 황성대학교의 김정희 교수가 입시했사옵니다."

"오! 어서 들라 하라."

문이 열리고 김정희가 들어왔다. 이제는 30대가 된 김정희는 상당한 풍채를 갖게 되었다.

"폐하, 그간 강녕하셨사옵니까?"

"어서 와, 김 교수."

황제가 용상에서 일어나 악수를 청했다.

김정희가 두 손으로 공손히 마주 잡자 황제는 그를 탁자로 안내했다.

"그동안 많이 바빴나 봐?"

"송구합니다. 청나라에 다녀온 뒤로 수시로 학생들과 함께 본토와 만주 일대를 둘러보느라 정신이 없었사옵니다."

김정희는 황제가 추천한 외교관 자격으로 청국으로 유학을 갔었다. 그런 김정희는 다행히 자신이 바라던 옹방강과 완원 등의 학자를 만날 수 있었다.

두 사람은 모두 총독과 순무(巡撫)를 역임했던 청국의 고위 관료 출신이다. 그럼에도 김정희의 학문에 대한 열의를 높이 사서 아낌없이 자신들의 학식을 전수해 주었다.

본래는 1년을 예정하고 떠난 유학이었다. 평생 학자의 길을 가겠다고 결심한 그는 1년을 연장해 가며 학문을 연구했다.

완원과 옹방강 이런 김정희에게 많은 청나라 학자들을 소개해 주면서 도움을 주었다. 그렇게 2년 동안의 유학을 마치고 돌아온 김정희는 이전보다 훨씬 더 열의를 가지고 학문에 임하고 있었다.

황제가 손을 저었다.

"아니야. 짐이 그동안 이런저런 일로 많이 바빴어. 그렇지 않았다면 추사가 돌아왔다는 소식을 듣고 바로 불러들였을 거야."

"소인도 그러신 거 같아서 일부러 기다렸사옵니다."

"하하! 그렇구나. 유학을 다녀온 소감은 어때?"

김정희가 눈을 빛냈다.

"최고였습니다. 그동안 몇 명의 스승님을 모셨지만, 이번에 만난 옹방강 선생과 완원 선생은 다른 분들과는 달랐습니다. 특히 금석학의 대가들답게 말씀 한마디 한마디가 금과옥조였습니다."

김정희가 2년의 유학 기간에 겪은 경험을 신이 나서 설명했다.

황제는 이제는 완연히 학자로 변모한 그를 보며 흐뭇해했다.

"추사의 글솜씨도 보여 주지 그랬어."

"그렇지 않아도 어떻게 알았는지, 만나는 사람마다 글을 받아 가기를 원해 먹을 많이 썼습니다."

이 말을 하는 김정희의 표정에 자부심이 들어 있었다.

황제는 그런 김정희의 모습이 기꺼웠다.

"보기 좋아. 자신의 작품에 대해서 자부심을 가지는 모습이 참 좋아."

"황공하옵니다."

"아니야. 짐은 추사가 얼마나 노력을 많이 하는지 잘 알아. 그러니 자존심을 굽히지 않기 위해서라도 더 노력했으면 해. 과거에 나와 공부할 때 약속했던 말 기억하지?"

"백 개의 벼루 밑창을 뚫고 천 자루의 붓이 닳아 없어질 때까지 서예 연습을 하겠다는 약속 말이옵니까?"

"그래."

김정희가 가슴을 폈다.

"염려 마십시오. 지금도 하루의 시작과 끝을 서예로 하고 있습니다."

"좋아. 전공하는 고증학도 중요하지만, 나는 추사가 위대한 서예가가 되었으면 해. 그래서 추사의 작품에는 문자향서권기(文字香書卷氣) 가득한 천하의 명필이란 칭호가 따랐으면 좋겠어."

김정희가 감동해서 눈이 벌게졌다. 그는 울컥한 감정을 추스르느라 잠시 말을 못 했다.

그러던 그가 약속했다.

"폐하의 말씀을 평생의 지표로 삼아 노력, 또 노력하겠사옵니다."

"하하하! 그렇다고 너무 파고들지는 마. 작품에 문자향서권기를 담으려면 많은 책도 읽어야 하지만 세상 경험도 그만큼 많이 쌓아야 해."

"그러도록 노력하겠습니다."

"그래서 짐이 김 교수에게 일을 하나 맡기려고 하는데. 어때? 해 보겠어?"

김정희가 두말하지 않았다.

"폐하의 지시라면 무슨 일이든 하겠습니다."

김정희가 눈까지 빛내며 결의를 보였다.

그 모습을 본 황제가 크게 웃었다.

"하하하. 그렇게까지 결의를 보일 필요는 없어. 김 교수는 우리가 대륙의 유물과 문화재를 수집해 오고 있는 사실은 알고 있겠지?"

"예. 제가 청국에 있을 때도 담당자들을 만난 적도 있습니다."

"그래. 우리 제국은 청국과 송나라의 협조를 얻어 대륙 유물을 꾸준히 수집해 오고 있지. 유럽에서도 오랫동안 예술품을 수집해 왔고. 그렇게 수집한 유물로 이번에 대규모 박물관과 미술관을 설립할 예정이야. 그것도 전국의 주요 도시에 모두 말이야."

김정희가 격하게 반겼다.

"참으로 반가운 소식입니다. 그렇지 않아도 그동안의 발굴과 조사로 수집된 유물의 관리가 걱정이었습니다. 대학의 박물관도 너무 많은 유물로 인해 보관에 어려움을 겪어 왔습니다. 전국 주요 도시에 박물관이 대거 세워진다면 유물 보관 걱정을 이제 하지 않아도 되겠습니다."

"그런데 짐은 아직도 유물 수집이 제대로 되지 않다는 생각이 들어. 그래서 김 교수가 돈황(敦煌)을 다녀왔으면 해."

"돈황이라면 청국의 끝에 있는 지역 아닙니까?"

"그렇지. 서역과의 무역이 시작되고 끝나는 지점이지. 이전이라면 여기서 한 달 이상은 걸려야만 도착할 정도로 먼 곳이지. 그러니 이제는 몽골 초원을 관통하는 대륙종단철도를 타고 가다 들어가면 열흘도 안 걸려서 도착할 거야. 아! 중간에 거친 황무지인 고비사막 지대를 통과해야 하니 고생은 많을 거야."

"황명이 떨어진 이상 어딘들 못 가겠습니까?"

"좋아. 그런 정신이면 뭔들 못하겠어."

이어서 황제는 김정희에게 그가 해야 할 임무에 대해 상세히 설명해 주었다.

김정희는 황제의 설명을 토씨 하나 잊지 않기 위해 상세히 기록했다.

"……짐이 알기로 김 교수는 불교에도 상당한 학식이 있다고 들었다. 그러나 거기서는 물건을 정리하지 말고 본국으로 가져와서 연구하도록 해."

"저에게 연구를 일임하시는 것이옵니까?"

"그래. 그러니 발굴한 유물은 최대한 손상되지 않도록 조심해서 모조리 가져와."

"유물이 많으면 몇 번을 다녀와야겠습니다."

"짐이 병력을 내줄 터이니 소대 병력을 내줄 테니 함께 가도록 해. 아! 그 병력을 모두 이끌고 가면 청국이 크게 반발할 거야. 그러니 국경에서는 분대 하나와 함께 들어가는 게 좋을 거야."

"분대면 열 명인데 그도 숫자가 많지 않을까요?"

"아니야. 만일에 대비해서라도 그 정도는 함께 가는 게 좋아. 현지 청국 관원이 꼬투리를 잡지 않는다면 모르지만, 그렇지 않은 경우 호위 병력이 너무 적으면 위험해."

김정희도 거절하지 않았다.

"알겠습니다. 그런데 현장에 있는 사람이 발굴을 못 하게 하면 어떻게 합니까?"

"그 점은 걱정하지 않아도 돼. 우리가 청국과 체결한 협정에는 중요한 황릉만 아니면 발굴해도 된다는 조항이 있다. 그러니 출발할 때 교육성에 들러 필요한 서류를 챙겨서 가도록 해."

김정희의 고개가 크게 끄덕여졌다.

"알겠습니다. 제가 가서 반드시 유의미한 결과를 갖고 오도록 하겠습니다."

황제가 흡족한 표정을 지었다.

"좋아. 기대하고 있겠어."

황제를 알현하고 나온 김정희는 곧바로 교육성을 찾았다. 그리고 해당 부서에서 관련 서류를 발부받고는 서둘러 집으로 돌아갔다.

기범선 시대가 열리다

김정희는 한동안 정신없는 시간을 보냈다. 먼저 대학에 원정 발굴에 대한 보고서를 접수했다.

황명으로 진행되는 발굴이다. 더구나 황제와 김정희의 관계를 알고 있는 대학 당국은 누구도 문제 삼지 않았다.

대학을 나온 김정희는 국방성에도 들러 협조 요청을 했다. 아무리 황제가 지시해 놓았다고 해도 이런 사안은 직접 찾아가는 게 맞았기 때문이다.

국방성에서도 적극적인 협조를 약속받고는 대학의 제자들을 중심으로 참여 인원을 모집했다.

놀랍게도 모집 요강을 게시하자마자 지원자가 폭발했다. 그 바람에 인원을 선정하느라 여러 날을 보내야 했다.

❁

20여 일 후.

김정희가 십여 명의 발굴단과 함께 장도에 올랐다. 대륙종단철도를 탄 김정희 일행은 이틀 만에 몽골초원간이역에 내렸다.

몽골 초원은 허허벌판이다. 더구나 대륙종단철도가 통과하는 노선에는 도시도 별로 없었다. 그래서 기차가 설 수 있는 간이역이 곳곳에 마련되어 있었다.

간이역에는 연락을 받은 소대 병력이 대기하고 있었다. 이들과 합류한 김정희와 발굴단은 남쪽으로 장도에 올랐다.

그리고 한 달 후.

김정희에게서 낭보가 날아들었다. 낭보는 발굴단원이 기차를 타고 와 황제에게 전달했다.

"오! 김 교수가 발굴에 성공했구나."

발굴단원이 대답했다. 황제를 처음 알현하는 발굴단원은 목소리가 떨렸다.

"그러하옵니다."

"과정을 상세히 보고해 봐라."

"예, 폐하. 저희는 간이역을 출발해 다음 날 고비사막에 도착했습니다. 고비사막은 사방이 황무지로 낮에는 더워 아침저녁을 이용해 행군해야 했습니다. 다행히 군에서 고용한 유능한 길잡이 덕분에 닷새 만에 사막을 가로지를 수 있었습니다."

"사막을 건너면서 다친 사람은 없었느냐?"

"예, 폐하. 더위를 먹은 몇을 제외하면 모두 무사했습니다."

"다행이구나. 계속해 봐라."

"예, 폐하. 사막을 건넌 저희는 하루를 푹 쉬고 다시 이동했습니다. 그리고 하루 만에 국경 지대에 도착해서는 계획대로 분대 병력과 함께했습니다. 그리고 다시 하루를 더 이동하고 나서야 목적지인 돈황에 도착할 수 있었습니다."

"8일이나 걸렸다는 말이구나."

"그러하옵니다. 만일 사막의 길잡이가 유능하지 않았다면 며칠은 더 고생했을 것이옵니다."

"고생이 많았구나. 돈황에서는 별일 없었느냐?"

"처음부터 문제가 있었습니다. 저희가 돈황에 도착하니 성문을 지키던 청국 병력이 대경실색했습니다. 그래서 성문을 닫아걸고 총부리를 겨누는 바람에 자칫 무력 충돌이 일어날 수도 있는 상황까지 갔습니다. 다행히 저희를 안내했던 길잡이와 소대장님이 급히 나서서 서류를 제출하고 사정을 설명한 덕분에 불상사는 일어나지 않았습니다."

"다행이구나."

"그런데 문제는 그 후에 일어났습니다."

"으음!"

"성문을 통과한 우리는 바로 현청으로 찾아갔습니다. 미리 연락을 받았음에도 지현(知縣)은 한참 만에야 얼굴을 비쳤습니다. 그래도 김정희 교수님은 그것을 탓하지 않고 정중히 발굴 요청서와 황제 폐하께서 승인하신 명령장을 제출했습니다. 그런데 지현은 그 서류를 받고도 발굴을 바로 허가하지 않았습니다."

황제의 목소리가 높아졌다.

"짐의 명령장을 보고도 그랬단 말이냐?"

"그러하옵니다. 그는 서류를 검토해야 하니 대기하라는 말과 함께 들어가 버렸습니다. 그런 모습에 우리가 화를 내려 했으나 교수님이 다독여 어쩔 수 없이 현청을 나와야 했습니다. 다행히 돈황은 여행자의 도시여서 숙소가 많았습니다. 저희는 그중 깨끗한 숙소를 정해 들어가서는 허가가 나올 때까지 기다렸습니다. 그런데 며칠을 기다려도 도무지 연락이 없었습니다."

황제가 사정을 짐작했다.

"지현이 뇌물을 바랐던 것이구나."

"결과적으로는 그랬사옵니다. 며칠 후 찾아간 교수님은 아예 문전박대를 당했습니다. 기가 찬 교수님은 현청의 관리들에게 감숙성의 총독을 만나 따지겠다고 분노를 표하며 돌아오셨습니다. 그리고 소대장과 난주로 가려 하자 지현이 헐

레벌떡 달려와 미안하다며 사과했습니다."

"그렇게 허가서를 받은 거야."

"아닙니다. 사과는 했지만 허가서는 끝내 발부하지 않았습니다. 그 대신 당일 저녁 현청의 관리를 보내 은근히 뇌물을 요구했습니다. 교수님은 이 요구에 처음에는 노발대발하셨습니다. 그러나 생각을 바꾸시고는 지현을 직접 찾아가 뇌물을 건네며 담판을 짓고서 허가장을 받아 왔습니다."

"그런 정도면 그냥 돌아오지 그랬어."

"거리가 너무 멀었습니다. 그리고 교수님께서는 지현이 바뀐다고 해도 달라지지 않을 거라고 하셨습니다. 더 문제는 발굴을 하고 나서 해코지를 가할 우려도 있다고 하셨고요. 이번 임무는 발굴된 유물을 훼손하지 않고 가져가는 것이 무엇보다 중요하다 하시면서요."

황제가 안타까워했다.

"그렇구나. 임무를 완수하기 위해 김 교수가 자존심을 굽힌 거로구나."

"예, 폐하. 지현에게 뇌물을 주자 일은 일사천리로 진행되었습니다. 저희가 석굴사원에 가니, 그곳에는 의외로 도교 사원이 있었고 도사들이 사원을 지키고 있었습니다. 만일 지현이 관리를 보내 협조 지시를 하지 않았다면 도사들과 상당한 실랑이가 벌어졌을 것입니다."

황제가 안타까워했다.

"우여곡절이 많았구나."

"그랬사옵니다. 하오나 석굴사원의 조사와 발굴은 도교 사원 도사들의 적극적인 협조 덕분에 순조롭게 진행되었습니다."

이어서 석굴사원의 조사와 장경동(藏經洞)을 찾는 과정을 설명했다. 일부러 말을 잘하는 사람을 선발했는지 발굴단원은 설명을 아주 잘했다.

황제는 그의 사실적인 설명에 웃기도 하고 아쉬워하기도 했다. 그러다 벽에 감춰져 있던 유물을 찾아냈다는 설명에는 주먹을 불끈 쥐었다.

"역시 그곳에 있었구나."

"예, 폐하. 그런데 장경동에 보관된 유물이 예상 이상으로 많았습니다. 그래서 교수님은 본대로 사람을 보내 지원을 요청했습니다."

"유물이 얼마나 많기에 본대에 지원을 요청해?"

"사방 3m 정도 되는 공간에 빈틈도 없이 유물이 쌓여 있었습니다."

황제가 놀랐다.

"실로 대단하구나. 짐은 그 정도로 유물이 많을 줄은 몰랐구나."

"그래서 본대에 지원을 요청할 수밖에 없었사옵니다. 교수님은 긴급조치로 도교 사원에다 은 100냥을 헌금하며 석굴사원의 보호를 요청했습니다. 아울러 현의 관리에도 인사를 했으며, 지현을 찾아가 다시 처음보다 많은 뇌물을 주며 석굴사원의 경비를 부탁했습니다."

"잘했다. 그럴 때는 돈을 아낄 필요가 없다."

"예. 생각지도 않은 뇌물을 받은 지현은 반색했습니다. 그는 즉시 병력을 배치하고는 수송에 필요한 낙타 등을 수배해 주었습니다. 이런 주변의 도움으로 교수님과 저희는 유물 분류 작업부터 시작했습니다."

"짐이 확인도 하지 말고 가져오라고 했는데 분류 작업을 했어?"

"내용물을 확인한 것이 아닙니다. 저희는 이동 중에 훼손될 유물과 그러지 않은 유물을 분류했습니다. 이러는 동안 본대 병력이 도착해, 낙타 100마리에 분류한 유물을 싣고 고비사막을 가로질렀습니다. 저도 그 대열을 따라온 것이고요."

"그랬구나. 그런데 남은 유물이 어느 정도이냐?"

"자세한 물량은 저도 모릅니다. 하지만 적어도 10여 회는 왕복해야 할 정도입니다."

"10여 회씩이나?"

"예. 그래서 긴급으로 말 100마리를 군에서 지원받는다고 했습니다."

"몽골군단에 낙타가 없나 보구나."

"그 부분은 저도 잘 모르겠습니다."

"알겠다. 다녀오느라 고생했으니 돌아가서 푹 쉬도록 해라."

"아닙니다. 저는 몽골을 오가며 유물을 황도로 수송하는 임무를 맡았습니다. 그래서 바로 돌아가 봐야 하옵니다."

황제는 고심했다.

"유물이 그렇게 많을 줄 몰랐구나. 미리 알았다면 인원을 대폭 늘려서 보냈을 것을. 지금이라도 늦지 않았으니 사람을 보냈으면 좋겠는데, 갑자기 어디서 선발하지?"

이때 상선이 나섰다.

"폐하, 인원 차출이 어려우시다면 저희를 대신 보내시지요?"

의외의 제안에 황제가 놀랐다.

"음? 내관을 보내자고?"

"예, 폐하. 귀중한 유물을 가져오는 일입니다. 군을 보내면 제일 좋겠지만, 그러기 위해서는 며칠의 시간은 필요합니다. 그런데 마침, 몇 년 만에 수십 명의 내관이 오늘 입궐하옵니다. 초임 내관들은 다행히 아직 임무가 주어지지 않은 상황이어서 바로 보내도 되니 그들을 보내시옵소서."

황제가 즉석에서 윤허했다.

"그렇게 하라. 다른 사람도 아니고 초임 내관의 충성심은 짐이 누구보다 잘 안다. 상선은 지금 즉시 그들을 여기 있는 발굴단원과 함께 몽골로 보내도록 조치하라."

상선의 표정이 환해졌다.

"예, 폐하."

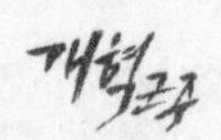

"그리고 유물의 물량이 많으면 지현이 다른 마음을 먹을 수 있다. 그러니 내탕고에 들러 넉넉한 비용을 수령해 김 교수에게 전해 줘라."

"바로 조치하겠사옵니다."

상선이 인사를 하고는 발굴단원과 급히 집무실을 나갔다.

이날 오후, 대륙종단철도에 수십 명의 내관이 탑승했다.

10량의 열차가 운행되는 대륙종단철도에는 수많은 사람이 탑승한다. 다양한 사람들이 타는 만큼 객차 안은 늘 시끄럽기 마련이다.

그러나 단 한 곳.

내관들이 타고 있는 칸만큼은 이상할 정도로 조용했다. 내관들은 하나같이 어렸으나 조금의 흐트러짐도 없었으며 입도 열지 않았다.

그러한 침묵은 주변 사람들이 쉽게 목소리를 높이지 못하게 했다. 이러한 분위기는 내관들이 내리는 몽골 초원에 도착하는 내내 이어졌다.

황제의 예상대로였다.

탐학한 지현은 지금까지 받아먹은 뇌물로 만족하지 않았다. 그는 너무 많은 유물이 빠져나간다는 핑계를 대며 유물 수송에 제동을 걸려 했다.

그러나 지현의 시도는 대한제국 내관들이 들이닥치며 그대로 무산되었다. 특히 어린 내관들을 인솔한 중견 내관이 내민 경차관(敬差官) 증명서에 지현의 얼굴이 사색이 되었다.

경차관은 조선부터 있어 온 관직으로, 특수 임무를 띠고 파견되는 관리다. 대한제국이 들어서면서 경차관의 업무와 권한은 더욱 중해져서, 청국의 흠차대신(欽差大臣)과 동일했다.

이런 사정을 지현도 잘 알고 있었다.

더구나 지현에게 대한제국의 경차관은 청국의 흠차대신보다 더 무서운 존재였다. 경차관은 김정희가 갖고 있던 황제의 명령장과는 차원이 달랐다.

경차관이 나타나면서 지현은 허리도 제대로 들지 못했다. 만일 경차관이 그동안의 비리를 문제 삼고 나서면 그 즉시 파직되어 압송된다.

그러나 내관은 그러지 않았다. 그 대신 그의 권한을 최대한 동원해 유물을 수송하게 했다.

대한제국과 달리 청국의 지현은 한 지역의 왕이나 다름없었다. 그가 작정하고 나서자 단숨에 수백 마리의 낙타가 징발되었다.

내관들은 헌신적으로 김정희와 발굴단원들을 도왔다.

이런 도움 덕분에 장경동의 유물은 단 한 점도 버려지지 않고 본국으로 보내졌다. 그리고 김정희와 발굴단원들은 일대를 샅샅이 훑으면서 다양한 유물을 수집해 본국으로 보냈다.

본래는 두세 달이 예정이었다.

그러나 발굴한 유물이 많았다.

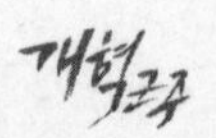

그런 유물들이 파손되지 않도록 포장하고 정리하는 데에 상당한 시간이 걸렸다. 돈황과 그 일대를 조사하면서 유물을 수집하고 매입한 김정희가 돌아온 건 이듬해 봄이었다.

황제가 그를 환대했다.

"어서 와, 김 교수. 그동안 고생 많았어."

"아닙니다. 몸은 고되었으나 참으로 뜻깊은 시간이었습니다. 저에게 너무도 좋은 경험을 하게 해 주신 폐하께 진심으로 감읍하옵니다."

"가져온 유물을 원명원에 보관해 두라고 했어. 그러니 며칠 푹 쉬고 나서 연구를 시작하도록 해."

"포장하면서 잠깐 살펴봤는데, 중요한 문서들이 상당히 많았사옵니다. 그 많은 문서를 저 혼자 정리할 수는 없으니 학계의 도움을 받아야 할 거 같습니다."

황제도 인정했다.

"그렇게 하는 게 좋을 거야. 필요 인원은 교육성과 협의해 알아서 선정하도록 해 봐."

"예, 폐하."

"그리고 문서를 철저하게 확인해 보도록 해. 돈황은 비단길이 시작되고 끝나는 곳이었어. 그런 곳에서 찾아낸 유물이니만큼 우리와 관련이 있는 문서가 보관되었을 가능성도 있어."

김정희가 다짐했다.

"아무리 작은 문서라고 해도 결코 소홀히 다루지 않겠사옵니다.”

“그래. 연구 지원은 황실에서 해 줄 거야. 그러니 예산은 걱정하지 말고, 시간이 걸려도 좋으니 제대로 된 연구를 해 봐.”

“명심하겠사옵니다. 그런데 오면서 들은 말에 의하면 일본 내전이 곧 끝날 거라는데, 사실이옵니까?”

황제가 고개를 끄덕였다.

“지난겨울부터 승세가 모리 가문으로 급격히 기울기 시작했어. 그 기세를 그대로 이어받아 봄부터 모리 가문이 모든 병력을 총동원하고 있지. 아마도 특별 변수가 없는 한 일본 내전은 몇 달 가지 않아 끝날 거 같아.”

“3년을 끌어온 내전이 드디어 끝나는군요.”

“맞아. 1년 정도면 끝날 줄 알았는데 햇수로 3년을 넘겼네.”

“모리 가문이 승리하면 새로운 막부가 개창되는 겁니까?”

황제가 고개를 저었다.

“그렇지 않아.”

김정희가 대번에 파악했다.

“도쿠가와 막부를 그대로 둔다는 말은 허수아비 쇼군을 내세우겠네요. 그러고는 모리 가문이 장막 뒤에서 전권을 장악할 것이고요.”

황제가 웃었다.

“하하! 이야! 김 교수의 식견이 놀라워. 정치학자도 아닌 사람이 몇 마디 말을 듣고는 대번에 일본 상황을 유추해 내다니 말이야."

김정희가 몸을 낮췄다.

"일본에 대해서 관심이 없는 대한제국 신민은 없습니다. 특히 대학에 적을 두고 있는 저 같은 선생들은 더 그러하고요. 그래서 일본 공략이 시작되었을 때부터 많은 토의가 있었습니다."

"우리가 일본 본토를 직접 공략하지 않은 것에 대한 논의도 많았겠네?"

"물론입니다. 가장 격론이 오갔던 부분이었습니다. 솔직히 저도 그렇지만, 대부분은 희생이 조금 따르더라도 혼슈 상륙을 감행했어야 한다고 생각했습니다."

"김 교수도 그런 생각을 했구나."

"그렇습니다. 그러다 상황이 반전한 것은 한 교수의 발언 때문이었습니다."

"그가 뭐라고 했는데?"

"우리에게 필요한 건 일본의 굴복이고 왜란에 대한 책임과 배상이지 땅덩이가 아니라고 했습니다. 그러면서 지금처럼 이전투구를 벌이게 하는 것이 국익에 훨씬 더 부합된다고 했습니다. 그래야 일본의 국력이 급격히 쇠락해서 손쉽게 예속화할 수 있다고 했습니다."

황제가 인정했다.

"맞아. 우리에게 혼슈는 필요 없어. 지금처럼 규슈, 아니 이제 구주가 되었지. 구주와 북해도만 해도 충분해. 우리가 두 섬을 장악한 이상 일본은 늘 우리의 감시 속에 살아가야 해. 그리고 일본을 경제적으로 철저하게 예속화시켜 버릴 거야. 그것이 우리가 일본을 점령해 직접 통치하는 상황보다 훨씬 좋아."

"그렇겠군요. 그런데 모리 가문이 언제까지 우리에게 머리를 조아린다는 보장이 없지 않습니까?"

황제가 크게 웃었다.

"하하하! 그 점은 조금도 걱정하지 않아도 돼."

"복안을 갖고 계셨군요."

"복안이라고 할 것도 없어. 내전이 끝나면 우리와 일본은 정식 수교를 한다. 우리가 에도에 공사관을 개설하면 일본의 다이묘들은 알아서 머리를 숙이고 들어오게 되어 있어. 모리 가문이 등을 돌린다면, 아니 그럴 수도 없겠지만. 만일 그런 일이 발생하면 우리는 그들 중 한 명을 골라 세우면 돼."

김정희가 탄성을 터트렸다.

"아! 그게 그렇게 간단한 일이옵니까?"

"간단하지는 않지. 그러나 그렇게 되도록 우리가 만들어 가면 돼."

"그래서 모리 가문이 배신하지 않는다는 확신을 하시는 거로군요."

"그래. 그리고 이번 내전을 겪으면서 일본 내부에서도 상당한 변화가 일어날 거야. 그게 어떤 식이 될지는 모르지만, 그 변화로 일본은 한동안 외부로 눈을 돌리지 못할 정도로 혼란스러워지겠지."

김정희는 들을수록 놀라웠다.

"놀랍습니다. 폐하께서는 이 모든 상황을 예견하고 계셨던 것이군요."

황제가 부인하지 않았다.

"맞아. 짐은 일본이 어떻게 될 거라는 예상을 하고 있었어. 그런데 내전이 3년 가까이 진행되면서 예상이 확신으로 바뀐 것이야."

"폐하의 선견지명은 우리 대한의 미래에 큰 홍복이 아닐 수 없사옵니다. 부디 모든 일이 잘 진행되어서 두 번 다시 일본에 치욕을 당하는 일이 없어야 할 것입니다."

황제가 주먹을 움켜쥐었다.

"당연히 그래야지. 그리고 짐이 그렇게 되도록 만들 거야."

황제의 눈은 그 어느 때보다 빛났다.

김정희가 소문을 들을 만큼 일본 내전은 끝을 향해 치닫고 있었다. 그러나 200여 년 동안 일본을 통치해 온 도쿠가와 가문의 저력은 만만치 않았다.

막부가 보유한 전력은 본래 모리 가문이 들이대기 어려울 정도였다. 그런데 태평양함대의 두 번에 걸친 포격이 막부를 완전히 흔들어 놓았다.

그들의 터전인 에도와 그 일대가 초토화되면서 막대한 피해를 입었다. 특히 무능한 쇼군의 대처 능력 부족과 늑장 대응으로 모리 가문을 위상을 대번에 대등하게 만들어 놨다.

그러면서 시작된 내전은 시작부터 고착되어 버렸다.

본래는 기세를 탄 전력을 모아 모리 가문이 막부를 압박해야 맞다. 그러나 모리 가문은 처음에는 전력을 기울이지 않았다. 자칫 전력을 투입했다가 무너지면 그것으로 끝장이었기 때문이다.

시작부터 전선이 고착되면서 내전은 일진일퇴 공방전의 연속이었다. 이러한 전선 유지가 거꾸로 모리 가문의 위상을 높여 주었다.

열도의 다이묘들은 모리 가문의 전력이 막부를 상대할 정도인 줄 몰랐다.

그런데 대치를 주도하고 있는 것은 규슈의 사무라이와 아시가루들이었다. 이들은 자신들이 살기 위해 죽기 살기로 막부와 결전을 벌였다.

그런데 다이묘들은 규슈 병력을 굴복시킨 모리 가문이 전혀 다르게 보였다.

모리 가문의 전략은 성공적이었다.

모리 가문이 전력을 기울였다면 에도막부를 단숨에 무너

트렸을 수도 있다. 그랬다면 모리 가문은 그때부터 200여 년 체제에 적응해 온 열도의 모든 다이묘를 상대해야 했다.

그런데 모리 가문이 전력을 보호하면서 고착된 상황이 호기가 되었다. 열도의 다이묘들은 막부에 밀리지 않는 모리 가문에 속속 가세했다.

아무리 사치와 향락에 빠졌었다곤 해도 한 지역을 통치하는 다이묘다. 그랬기에 나름대로 정세를 보는 눈들은 있었으며, 그들 중 도자마다이묘들이 대거 모리 가문에 가세했다.

그렇게 3년을 치열하게 싸워 온 일본 내전이 드디어 끝을 보이고 있었다. 그러나 아직은 방심할 수 없는 상황이었다.

이러한 때.

유럽에서 놀라운 소식이 날아들었다.

유진성은 선공감 주부 출신이다. 그런 그는 오랫동안 상무사 건설부장으로 재임해 오며 수많은 업적을 쌓아 왔다.

이어서 공직에 다시 입문해 차근차근 계단을 밟아 오다 지난해 건설대신이 되었다. 그의 신분이 중인이었으나 워낙 많은 업적을 쌓아 온 터라 누구도 그의 발탁에 이의를 제기하지 않았다.

그런 유진성이 국방상과 함께 급히 황제를 찾았다.

황제는 주로 자금성 옆의 신궁에서 집무를 보아 왔다. 그러다 이날은 모처럼 자금성 문화전(文華殿)에서 독서를 하고 있었다.

"폐하! 신이 철도 문제로 유럽에 갔다 놀라운 소식을 입수했사옵니다."

"놀라운 소식이 무엇이지요?"

"미국에서 연초에 사바나(Savannah)라는 증기선을 개발했다고 하옵니다. 그 증기선이 지난달 미국을 출발해 28일 만에 대서양을 건너 영국 리버풀에 도착했습니다."

황제가 깜짝 놀랐다.

"미국이 벌써 증기선을 개발했다고요?"

"그러하옵니다."

유진성이 영국의 신문과 보고서를 제출했다.

내용을 읽어 본 황제가 안타까워했다.

"아아! 우리가 먼저 성공할 줄 알았는데 저들이 먼저 성공했구나. 아무리 기술이 앞서 있어도 모든 일을 주도할 수가 없구나."

국방대신 류성훈이 몸을 숙였다.

"폐하, 상심할 일은 아니옵니다. 기범선이라고 하지만 무려 한 달여가 걸려 대서양을 건넜사옵니다. 거기다 외륜(外輪)을 이용한 방식이어서 우리와는 차원이 다르옵니다."

황제가 다시 신문을 정독했다. 그러던 황제의 용안이 처음보다는 훨씬 펴졌다.

"국방상의 말씀대로군요. 성공은 했으나 실용적인 물건은 아니네요."

"예. 외륜선은 저희가 지난해 이미 시제품을 만들어 본 형식이옵니다."

황제가 놀랐다.

"외륜선을 만들어 봤다고요?"

"예. 효용성을 확인하기 위해 만들어 봤습니다."

"그런데 왜 짐에게 보고하지 않은 건가요?"

"효용성을 확인하기 위해 만든 것이옵니다. 그러다 보니 공표하기에는 너무 잡스러워서 연구소에 방치해 놓고 있었습니다."

류성훈이 송구한 표정을 지었다.

"폐하께서 외륜선에 관한 기사를 보시고 이토록 안타까워하실 줄 몰랐습니다. 이럴 줄 알았더라면 제대로 외륜선을 만들어서 시승식도 거행할 걸 잘못했습니다."

황제가 손을 저었다.

"아니에요. 생각지도 않은 기사에 짐이 잠시 놀랐을 뿐, 국방성의 처리가 맞아요. 그런데 외륜선을 만들어 보니 어떠하던가요."

"효용성이 극히 좋지 않았습니다. 증기기관은 투입된 연료에 비해 추진력이 떨어져서 연비가 그렇게 좋지 않습니다. 그런 증기기관에 외륜을 부착하니 효율이 더 떨어졌습니다. 상용화하기 어려울 정도로요."

"역시 효율이 좋지 않군요."

"예. 미국이 만든 외륜선도 상용화하기에는 큰 어려움이 따를 겁니다. 그러나 수심이 낮은 강에서는 좌초될 위험이 낮아 나름대로 효용가치가 있을 것으로 예상되었습니다."

황제가 크게 고개를 끄덕였다.

"수심이 낮은 강 같은 곳에서는 충분히 효용가치가 있을 거란 말이지요?"

"그러하옵니다. 황하와 요하 등의 큰 강과 물류 이동이 많은 대운하, 그리고 북미의 미시시피 등에서는 활용 가치가 충분할 것으로 보입니다. 그러나 원양항해로는 실용성이 최악입니다."

황제의 머릿속이 복잡했다.

"흐음! 그렇군요."

"그래서 우리 군은 폐하께서 개발해 주신 회전날개 방식의 실용화에 전력을 기울이고 있사옵니다."

"잘하셨습니다. 그런데 언제쯤 실물을 볼 수 있을까요?"

"증기기관과 회전날개축의 연결 구동은 어렵지 않게 성공했습니다. 그래서 지금은 선체와 기관실의 장갑을 실험하는 중인데, 늦어도 연말 이전에는 폐하께 기범선의 기본 골격은 보여 드릴 수 있을 것이옵니다."

황제가 크게 기뻐했다.

"오! 그렇다면 다행이군요. 알겠습니다. 좌고우면하지 마시고 확고하게 진행하세요. 그래서 진정한 기범선이 무엇인지 천하에 알리세요."

"예, 폐하."

"시제품으로 만든 외륜선의 내륙 수운 투입을 검토해 보는 게 좋겠네요. 짐이 예상하건대 외륜선은 우리 고유의 선박인 평저선(平底船)과 맞물린다면 분명 엄청난 상승효과를 불러올 겁니다. 그러니 상무사로 해당 기술을 적극 이전해 주세요."

"곧바로 조치하겠사옵니다."

외륜선 개발이 일사천리로 진행되었다.

몽유도원도의 귀환

외륜선의 기본골격은 이미 만들어져 있었다. 증기기관도 다양한 형태가 개발되어 있었다. 이런 기반 덕분에 몇 개월 만에 상용화에 성공했다.

외륜선은 바로 현장에 투입되었다.

황제의 예상대로 외륜선은 폭발적 반향을 불러왔다. 도로가 개설되고 철도가 깔리면서 대륙의 수송 체계에는 일대 혁신이 일어났다.

그러나 아직도 수운은 큰 역할을 차지하고 있었다. 이러한 수운에 외륜선이 투입되면서 일대 혁명이 일어났다.

지금까지 수운은 인력과 풍력에 의지하는 한계가 있었다. 그러다 외륜선이 등장하면서 한 번에 수송할 수 있는 물량의 단위가 달라졌다.

대운하의 수운은 대륙 경제를 좌우할 정도로 중요하다. 여기에 상무사가 외륜선을 투입하면서 단번에 대륙 수운의 대부분을 장악했다.

변화는 북미에서도 일어났다.

미시시피는 북미 수운의 정점이다. 여기에도 외륜선이 투입되면서 격변을 불러오게 되었다.

놀랍게도 이러한 변화는 불과 몇 개월 만에 진행되었다. 그럼에도 별다른 혼란도 없이 수송 체계의 근간이 급속하게 변화했다.

❁

드디어 일본 내전이 끝났다.

처음 거병할 때만 해도 내전이 오래 지속될 줄은 몰랐다. 그동안 많은 변수가 발생했으며, 그 모든 변수가 모리 가문에 유리하게 전개되었다.

예상을 훌쩍 넘는 다이묘들의 동참은 모리 가문도 예상을 못 했다. 그만큼 에도막부의 통치에 불만을 가진 다이묘들이 많다는 의미였다.

덕분에 모리 가문은 병력을 최대한 유지한 채로 에도에 입성할 수 있었다.

에도에 입성한 모리 가문은 가장 먼저 쇼군을 은퇴시켰다. 그러고는 형식적인 협의 절차를 거쳐 나이 어린 쇼군을 임명했다. 모리 가주는 일본 천황의 승인 절차를 밟아 관백(關白)에 취임했다.

관백이 된 모리 가주는 대대적인 논공행상을 시행했다. 가장 먼저 도쿠가와 가문의 직할 영지를 모조리 모리 가문 소속으로 만들었다.

가문을 지지하며 거병에 참여한 다이묘들의 영지를 대폭 늘려 주었다. 막부의 하타모토와 고케닌도 모리 가문의 사무라이들로 전부 교체했다.

치열한 내전을 거치면서 막부 친위 병력이 대거 갈려 나가기는 했다. 그럼에도 상당한 인원이 남아 있었는데, 모리 가문은 이들을 모조리 체포해서는 죄수로 만들어 추방했다.

추방된 숫자가 몇만이 넘었으며, 가족까지 포함하면 수십만이나 되었다. 그럼에도 모리 가문은 이들을 단호히 색출해 함께 추방했다.

그야말로 무자비한 숙청이었다.

이렇듯 과감한 조치를 취할 수 있었던 것은 대한제국이 있었기 때문이다. 대한제국은 추방된 일본인 죄수들을 모두 북방 개척에 투입했다.

열도의 다이묘는 에도 막부 시절 이백칠십 명 선으로 유지되어 왔다. 그러던 숫자가 내전을 거치면서 이백여 명으로 대폭 줄어들었다.

대한제국이 규슈를 점령하면서 서른여섯 명의 다이묘가 없어졌다. 여기에 모리 가문을 지지한 다이묘들의 영지를 대폭 늘려 주면서 더 많은 숫자가 없어졌기 때문이다.

200년을 이어 온 열도 권력을 재편하기 위해서는 무자비한 숙청이 뒤따라야 했다. 그런 몇 개월 동안 열도 전체가 뒤숭숭했다.

모리 가문은 대한제국의 조언을 받아 가면서 철저하게 권력을 재편했다. 덕분에 재편 작업이 끝나면서 단숨에 패권을 장악할 수 있었다.

황제가 열도 보고서를 읽으며 흡족해했다.

"모리 가주가 생각보다 강단이 있구나. 권력 재편 작업은 피비린내 나는 숙청이 뒤따라야 하는데, 그걸 불과 몇 개월 만에 해냈어."

정원용은 일본 공략을 성공적으로 이끌어 왔다. 그런 그의 공적을 높이 산 황제가 30대 중반의 그를 외무성 아주국장으로 특진시켰다.

정원용 국장이 설명했다.

"도쿠가와 가문의 친위 세력을 철저하게 몰아낸 것이 주효했습니다. 그들을 추방하지 않고 과거의 막부처럼 낭인으로 만들었다면 두고두고 문제가 되었을 것입니다."

황제가 지적했다.

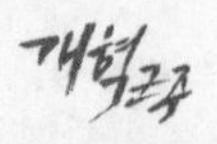

"우리의 도움이 결정적이었다는 말이구나."

"그렇사옵니다. 도쿠가와 가문도 에도막부를 개창했던 초기 10여 년의 혼란기를 겪었습니다. 그러나 모리 가문은 우리의 도움으로 불만 세력을 일소하면서 열도의 패권을 단번에 장악할 수 있었습니다. 거기다 친위 병력이 건재한 것도 한몫을 했고요."

"우리로서는 더없이 좋은 일이지. 열도가 안정되었다면 다음 절차를 진행해야겠지?"

"예, 폐하. 우선은 왜란에 따른 배상과, 편입된 구주와 북해도의 처리를 마무리 지어야 합니다. 아울러 강탈해 간 문화재 환수와 교토의 이총 이관, 위령탑 건립도 마무리해야 하고요."

"종전 협상은 정 국장이 책임지고 마무리하도록 해."

"실무는 제가 하겠습니다. 다만 조약의 무게감을 위해서라도 외무대신께서 협상을 주재해 주셨으면 합니다."

황제도 동의했다.

"그래야겠지. 외무상이 나서야 저쪽에서도 대신 이상이 나서겠지. 그리고 종전 협상을 마치면 일본과 수교를 해야 하는데, 초대 공사는 누가 좋겠어?"

"나가사키 영사를 역임했던 조만영(趙萬永) 국장이 좋을 듯하옵니다. 조 국장은 나가사키를 철수할 당시 뛰어난 역량을 발휘했었습니다. 더구나 성격이 강단이 있어서 일본과의 관계를 강력하게 주도해 나갈 수 있을 것입니다."

황제도 동조했다.

"괜찮은 생각이다. 조 국장이면 공사 업무를 잘 해낼 수 있을 거다. 부임해서 해야 할 일을 따로 지시해 주면 잘 해낼 거야. 일본 내부에 우리 세력을 심을 수 있는 역량도 충분하고."

"그렇사옵니다. 조 국장님은 친화력이 상당해서 잘 해내실 겁니다. 외무성에서도 그분을 따르는 관리들이 의외로 많습니다."

황제가 생각했다.

'조만영은 본래 세도의 중심인물이었다. 그런 사람을 국내에 두는 것보다 외국 공사로 내보내는 것이 좋아. 지금 시대는 외국에 주재하면 가진 역량을 오롯이 국익을 위해 쓸 수밖에 없다. 그리고 이번 기회에 김조순과 안동 김씨의 중심인물도 외교관으로 내보내도록 하자.'

황제가 이런 생각을 가질 정도로 안동 김씨는 인물이 많았다. 그래서 황제는 안동 김씨가 세력을 구축할 것을 늘 염려해 왔었다.

❁

4월 초.

정원용이 몇 명의 실무진과 함께 예비 협상을 위해 일본으로 넘어갔다. 이 여정에 3척의 함대가 정원용 일행과 동행했다.

3년 전에 실시된 태평양함대의 포격 여파는 대단했다. 여기에 내전이 오래 지속되면서 제대로 복구를 못 해 혼슈의 해안 지대 상당 부분이 폐허로 버려져 있는 상황이었다.

이러한 시기 대한제국함대가 다시 등장하면서 에도가 뒤집혔다.

모리 가주는 대한제국에서 협상단을 파견한다는 사실을 알고 있었다. 그는 막부 관리들을 다독이고는 외교를 맡은 막부 중신을 즉각 내보냈다.

지시를 받은 막부 중신은 병력 백여 명과 함께 에도 해안으로 달려갔다.

그리고 작은 배 몇 척을 구해 타고는 대한제국함대로 다가왔다. 그들을 본 대한제국함대에서 사다리가 내려졌다.

막부 중신이 사다리를 타고 갑판에 올랐다. 정원용이 그를 알아보고는 손을 내밀었다.

"어서 오십시오."

정원용을 만난 적이 있던 막부 중신은 당황하지 않았다.

그는 어색하지만 손을 내밀어 정원용의 손을 마주 잡았다.

"반갑습니다."

"예. 오랜만에 뵙는군요."

"저를 잊지 않고 기억하십니까?"

"물론입니다. 조후 분가주님을 제가 어찌 잊겠습니까?"

조후 분가주가 환하게 웃었다.

"하하하! 감사합니다. 그리고 우리 가문의 200년 한을 풀도록 도와주신 점에 대해 너무도 감사드립니다."

정원용이 확인했다.

"가주께서는 우리와의 약속을 잘 알고 계시겠지요?"

모리 가주는 대한제국과의 약속을, 협상을 통해 해결하려 했다. 그래야 권위도 다치지 않으면서 공식적으로 약속을 이행할 수 있었기 때문이다.

그래서 외교를 담당하는 막부 중신에 조후 분가주를 임명했다. 조후 분가주는 대한제국이 어떤 역할을 했으며 대가로 어떤 약속을 했는지 누구보다 잘 알고 있었다.

조후 분가주가 환하게 웃었다.

"물론입니다. 다른 누구보다 귀국과의 약속을 제가 잘 알고 있지요. 그래서 관백께서 저를 막부 노중에 임명한 것입니다. 귀국과의 관계를 원활히 유지하기 위해서요."

"고마운 말씀이네요."

정원용이 권했다.

"선실에 회의장이 마련되어 있습니다. 그리로 자리를 옮기시지요."

"감사합니다."

두 사람이 배석자와 마주 앉았다.

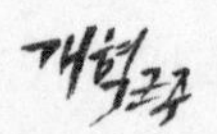

이때부터 세부 사항 조율에 들어갔다.

일본은 대한제국이 처음 제시한 사항에 대해 모두 수용했다.

그러면서 의외의 요구를 했다.

"귀국의 요구 사항을 아무 반발 없이 들어줄 수는 없습니다. 그랬다가는 비난이 쏟아지면서 관백의 권위가 흔들릴 수 있습니다. 그러니 귀국의 함포로 에도 주변에 대대적인 포격을 가해 주시기 바랍니다."

정원용이 그의 의도를 알아챘다.

"위협 때문에 어쩔 수 없는 타협을 했다는 명분을 만들려는 거로군요."

"그렇습니다. 우리 가문이 권력을 장악했다고는 하나 아직 뿌리까지 튼튼하지 않습니다. 그래서 우리 가문을 적극 지지하는 다이묘들에게도 나름의 명분을 주어야 할 필요가 있습니다."

"좋습니다. 그렇게 하지요."

"오늘은 협의가 결렬된 것으로 하겠습니다. 그러니 저희가 돌아가고 난 다음 날 대대적인 포격을 시작해 주십시오. 저는 돌아가 대한제국이 내일 오전까지 조건을 수락하지 않는다면 포격을 감행하겠다고 말할 것입니다."

"그렇게 하지요."

"그리고 에도의 중심지에는 절대 포격하시면 안 됩니다. 이번에도 포격 때문에 다이묘들의 인명 피해가 발생한다면 분노의 대상이 우리 가문으로 쏠릴 수가 있습니다."
"무슨 말인지 알겠습니다."
두 사람은 한동안 머리를 맞대고 향후 전략을 논의하고 헤어졌다.

※

다음 날 오후.
일본이 약속을 지키지 않은 것을 핑계로 포격이 시작되었다.
쾅! 쾅! 쾅! 쾅!
함포사격은 다음 날까지 진행되었다.
이전 포격에서 큰 피해를 당했던 다이묘들은 몸서리를 쳤다. 그러나 에도에 포격을 가하지 않겠다는 약속을 받았다는 막부 노중의 말에 피난을 가는 사람은 한 명도 없었다.
중신회의가 아침부터 열렸다.
가후 분가주는 대한제국이 내건 배상과 종전 조건을 수용해야 한다고 주장했다. 반면 몇몇 다이묘들은 조건이 너무 가혹하다면 반대했다.
대부분의 다이묘는 북해도는 넘겨주어도 된다며 물러섰다. 그러나 규슈만큼은 안 된다며 입을 모았다.
그러나 오후부터 시작된 함포사격에 반대자들의 주장은 급격히 줄어들었다. 그리고 포격이 이틀 동안 이어지면서 반대는 꼬리를 감췄다.

이때, 모리 가주가 나섰다.

"나도 규슈를 되찾아 통치하고 싶소. 그러려면 대한제국과 전쟁을 벌여야 하오. 그런데 지금은 모두 알다시피 막부 사정이 아주 좋지 않소이다. 그럼에도 전쟁을 하려면 다이묘들끼리 합심해야 하는데, 그렇게 할 수가 있겠소?"

"……."

아무도 나서지 않았다.

모리 가문이 나선다면 실패해도 동참한 다이묘들은 피해를 분담할 수 있다. 그러나 모리 가문이 빠진다면 피해는 오롯이 다이묘들의 부담이 된다.

더 문제가 있었다.

규슈 다이묘 가문 대부분이 멸문되거나 그에 준하는 피해를 입었다. 그래서 규슈를 탈환해도 돌려줄 다이묘 가문이 없게 된 것이다.

그렇다고 모리 가문이 몰락한 가문의 양자를 세워 줄 리도 만무했다. 이런 현실을 절감한 반대자들은 꼬리를 내릴 수밖에 없었다.

며칠 후.

협상이 재개되었다.

그러나 이 협상도 결렬되었다. 도요토미 히데요시의 무덤을 파묘해 처벌하겠다는 대한제국의 요구를 거부했기 때문이다.

왜란의 책임을 묻기 위한 조치였으나, 도요토미 히데요시는 일본에서 신격화되어 있었다. 그런 도요토미를 사후라고 해서 명예를 훼손시킬 수는 없었다. 이 반대는 조후 분가주가 먼저 했기 때문에 다이묘들의 열렬한 지지를 받았다.

대한제국도 이 결렬에는 포격을 하지 않았다. 그 대신 교토의 이총 이장과 그 자리에 위령탑을 세우는 대안을 제시했다.

이 제안에 다이묘들이 전부 동조했다.

이렇게 협상의 큰 고비를 넘기면서 다른 안건은 별다른 문제 없이 진행되었다. 약탈 문화재 환수는 강제로 할 수 있는 문제는 아니어서 각 가문에서 최대한 협조하기로 했다.

그 대신 사찰에 보관된 유물은 전부 환수하기로 했다. 이 조치로 사찰의 반대도 있었으나, 열도의 새 주인의 명령을 거부할 간 큰 주지는 없었다.

종전 협상이 끝나면서 한일수호조약의 문안 작성에 들어갔다. 그리고 며칠의 논의 끝에 문안 작성에 합의한 양측은 한 달 후 다시 만나기로 했다.

황제가 정원용을 치하했다.

"정 국장이 고생 많았다. 우리가 설정한 요구를 일본이 받아

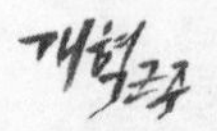

들이기가 결코 쉽지 않았을 거다. 그럼에도 우리 요구 사항이 대부분 반영되었다는 것은 정 국장의 협상 능력 덕분이다."

정원용이 상황을 설명했다.

"규슈의 다이묘 가문을 모조리 없애 버린 것이 주효했습니다. 그러지 않고 남겨 두었다면 그들을 위해야 한다는 명분 때문에라도 포기하기 어려웠을 겁니다."

정원용이 보고서를 제출했다.

"1부는 종전 협상 문건입니다. 그리고 다른 1부는 양국의 수호협정문 초안입니다."

황제가 한일수호협정문이라고 적힌 서류를 펼쳤다. 그러고는 천천히 정독을 하다 놀랐다.

"이런 조건을 일본과 합의했단 말이야?"

"그러하옵니다."

"문안에 보면 조계지 설정도 나오고 일본 해안 조사도 나오고, 세 곳의 개항도 나온다. 여기에 치외법권도 명시되어 있어. 이 모두가 일본에 불리한 조건인데 이의를 제기하지 않았단 말이냐?"

"치외법권 조항은 이미 나가사키에서 시행되었던 사안이고요. 조계 지역도 나가사키 지역의 선례가 있어서 일본이 거부하지 않았습니다. 아니, 관리하기 좋다면서 그들이 먼저 제안해 왔습니다."

"허! 기가 차는구나. 아무리 외국과의 교류가 없었다고 해도 그렇지, 조계지를 먼저 원하다니."

"실상은 조후 분가주의 도움이 컸습니다. 그는 이런 문제로 우리와 쓸데없는 다툼을 벌이는 것보다 내줄 건 주고 얻을 건 얻겠다는 전략을 썼습니다. 그래서 우리도 일본 관청의 허가 없이 조계지 이외의 지역을 돌아다니지 않겠다는 약속을 한 것이고요."

"개항장은 어디로 결정했느냐?"

"그건 외무상이 가셔서 결정해야 합니다. 그러나 시모노세키와 오사카, 그리고 에도의 옆에 있는 후쿠오카로 의견 접근은 본 상태입니다."

황제가 내심 놀랐다.

'하! 놀랍구나. 이번의 수호조약협상은 짐이 어떻게 하라는 지시도 하지 않았다. 그런데도 대강의 조건이 이전 시대에 있었던 병자수호조약보다 더 유리한 거 같아.'

"우리 화폐의 통용도 조건 없이 허용했다고?"

"나가사키에서도 무역 은화로 거래를 했었습니다. 그래서 그 부분도 전혀 이의가 없었습니다."

황제의 고개가 절로 끄덕여졌다.

"아주 잘되었구나. 경제 침략을 위해서는 우리 화폐의 통용이 무엇보다 중요하다. 그런 기반이 이번에 조성되었으니 우리 화폐가 열도 전체로 퍼지는 건 시간문제이겠구나."

황제가 외무대신을 바라봤다.

"외무상께서 유종의 미를 거둬 주시기 바랍니다."

이서구가 자신 있게 대답했다.

"성려 마시옵소서. 이미 정 국장이 전체 줄기를 잡아 왔습니다. 이런 협정과 조약도 제대로 챙기지 못한다면 어찌 외무 국정을 수행하겠사옵니까? 정식 조약을 체결하면서 미진한 부분이 있으면 더 확실히 챙겨 오겠사옵니다."

이서구의 말은 맞다.

그러나 한일수호조약은 100년의 미래가 걸린 일이었다. 황제가 그 점을 신경 쓰면서 협상에 임하는 자세를 지적해 주었다.

"아무리 잘된 밥도 뜸을 잘못들이면 설거나 타게 됩니다. 외국과의 조약도 마찬가지이니 마지막 자구 하나까지 살피고 또 살펴봐야 합니다."

"명심, 또 명심하겠사옵니다."

"외무상만 믿겠습니다."

❁

5월 하순.

두 사람이 일본에 도착했다.

일본은 두 사람을 요코하마에 마련된 회담장으로 안내했다. 양측이 인사를 하고 회담장에 도착하니 수십 개의 상자가 눈에 띄었다.

정원용이 궁금해했다.

"이게 무엇입니까?"

조후 분가주가 설명했다.

"저희가 이번 협상에 맞춰 수집한 귀국의 문화재입니다. 1차로 300여 점인데, 대부분이 도자기와 서화입니다."

"오! 귀국이 신경을 많이 쓰셨네요."

두 사람이 상자로 다가갔다.

대기하고 있던 사무라이들이 뚜껑을 열었다. 이서구가 내용물을 살피다 두루마리 하나에서 멈췄다.

이서구가 그 두루마리를 들었다. 두루마리는 2개였으며, 외부를 기름종이로 한 번 더 싼 형태였다.

"음!"

정원용도 호기심을 갖고 살폈다.

"겉에 기름종이로 포장한 것을 보니 귀중하게 보관을 해 왔나 보네요."

이서구가 고개를 끄덕였다.

"그런 거 같네. 이렇게 단단히 포장해 놓을 것을 보면 평상시에는 고이 모셔 놨던 거 같아."

조후 분가주가 눈을 빛냈다. 그는 두루마리의 정체를 알고 있는 듯 권했다.

"외상께서 한번 펼쳐 보시지요."

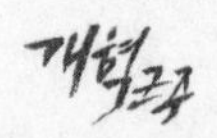

포장을 살피던 이서구가 동조했다.

"그래 볼까요?"

이서구가 두루마리를 탁자에 올렸다. 그러고는 조심스럽게 기름종이 포장을 펼쳤다.

내용물은 비단으로 표구가 된 두루마리로, 한눈에 봐도 귀중해 보였다.

이서구가 두꺼운 두루마리를 집었다.

기대감으로 가득한 표정의 그는 탁자 위에서 조심스럽게 두루마리를 펼쳤다. 그런데 두루마리를 펼치자마자 소리쳤다.

"아니! 이건 안평대군의 〈몽유도원도(夢遊桃源圖) 발문(跋文)〉 아니오!"

발문은 책이나 그림 내용의 대강(大綱)이나 간행 경위를 기록한 문장이다.

〈몽유도원도〉는 안평대군이 꿈에서 본 세상을 당대 최고의 화원인 안견에게 그리게 해서 완성한 그림이다. 그래서 안평대군이 발문을 썼으며, 이어서 펼쳐진 두루마리에는 찬문(撰文)이 줄줄이 붙어 있었다. 신숙주, 박팽년 등 무려 이십여 명의 찬문을 이서구는 숨도 쉬지 않고 펼쳤다.

이서구가 탄성을 터트렸다.

"아아! 경이롭기조차 하구나. 세종조의 명신거유 이십여 명의 글을 한곳에서 볼 수 있는 날이 올 줄은 몰랐어."

정원용이 급히 권했다.

"대감. 안견의 〈몽유도원도〉도 펼쳐 보시지요."

"알겠네."

이서구가 발문과 찬문의 두루마리를 조심스럽게 말았다. 그러고는 다른 두루마리를 처음보다 더 조심스럽게 폈다.

정원용이 탄성을 터트렸다.

"아아! 대단하군요. 이름 그대로 〈몽유도원도〉가 가히 선경입니다."

그림에도 몇 명의 찬문이 붙어 있었다.

정원용이 지적했다.

"찬문을 따로 표구한 것을 보니 중간에 잘려 나간 거 같네요."

이서구는 입도 열지 않고 고개만 끄덕였다. 혹시 숨결이 그림에 닿을 것을 우려한 때문이었다.

두 사람은 한동안 그림을 감상했다. 그러던 이서구가 아주 조심스럽게 두루마리를 접었다.

글과 그림을 감상한 이서구는 마치 머릿속이 맑아지는 느낌이었다. 그는 자신도 모르게 길게 한숨을 내쉬고서 고개를 들었다.

"후우!"

조후 분가주가 웃으며 나섰다.

"글과 그림이 마음에 드셨나 봅니다."

이서구의 목소리가 떨렸다.

"마음에 들다마다요. 말로만 듣던 〈몽유도원도〉를 여기서

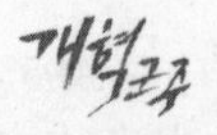

볼 줄은 몰랐네요. 그런데 이 글과 그림이 어떻게 여기에 있는 겁니까?"

조후 분가주가 설명했다.

"임진년 때 공략군의 선봉이 고니시 유키나가(小西行長)였었습니다. 선봉장이었던 그는 누구보다 한양에 먼저 진출했었는데, 어떤 경로인지 모르지만 그 당시 수집한 그림입니다."

정원용이 질문했다.

"그의 가문에서 나온 물건입니까?"

조후 분가주가 고개를 저었다.

"아닙니다. 그는 세키가하라 전투에서 패전한 후 처형되었습니다. 아울러 그의 가문도 멸문이 되었고요. 방금 보셨던 이 그림은 교토에 있는 사찰에서 찾아낸 것입니다."

"그렇군요. 그림을 이렇게 정성 들여 보관할 정도라면 사찰도 귀함을 알고 있었을 겁니다. 그런데도 이 그림을 선뜻 내놓을 줄 몰랐네요."

조후 분가주의 고개가 저어졌다.

"그렇지 않습니다. 그 사찰은 도쿠가와 가문이 보호해 오던 곳으로, 이번 내전에서 도쿠가와 가문을 끝까지 도왔고요. 그런 사찰을 징계하는 과정에서 압수한 물품이지요."

"그래서 이 그림이 세상에 나온 것이로군요."

조후 분가주가 고개를 끄덕였다.

"예, 그렇습니다. 그러지 않았다면 쉽게 나올 물건이 아니지요. 그리고 여기 있는 물건의 절반 이상이 여러 사찰에 보관되었던 것들입니다. 그래서 보관 상태가 아주 좋습니다."

그의 설명대로 도자기와 서화 들은 너무도 잘 보관되어 있었다.

정원용이 그중 상당한 규모의 그림 상자를 짚었다.

"무슨 그림이 이렇게 크지요?"

"확인해 보지 않았지만, 귀국에서 가져온 탱화(幀畫)라고 합니다."

"탱화면 불교 그림이란 말입니까?"

"예, 그렇습니다."

정원용이 탄식했다.

"하아! 왜란 당시 왜군이 사찰까지 뒤져서 유물을 강탈해 갔다는 기록이 맞구나."

조후 분가주의 표정이 붉어졌다. 그는 자신이 죄를 지은 사람처럼 몇 번이고 고개를 숙였다.

한숨을 내쉬던 정원용이 당부했다.

"〈몽유도원도〉는 문헌상에서만 확인되었던 물건입니다. 그래서 많은 사람이 실물을 찾기 위해 오랫동안 노력해 왔었지요. 그런 물건이 일본에 있을 줄은 생각지도 못했습니다."

조후 분가주가 사과했다.

"송구합니다."

정원용이 고개를 저었다.

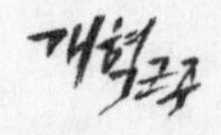

"아닙니다. 더구나 불교 탱화는 우리가 믿는 유교와는 종파가 다르지만, 그 자체로 귀중한 유물입니다. 이런 유물들이 임란 당시 얼마나 많은 숫자가 일본으로 넘어왔는지 모를 일입니다. 귀국에서는 이번 협정을 기회로 약탈 문화재의 환수에 더 매진해 주셨으면 합니다."

조후 분가주도 다짐했다.

"걱정 마십시오. 우리는 약속드린 대로 귀국의 유물과 문화재 환수를 위해 최선의 노력을 다할 것입니다."

"감사합니다."

일본이 이렇듯 적극적인 자세로 나온 덕분에 협상은 순조롭게 진행되었다. 그럼에도 내용이 많아 협의하고 자구를 수정하는 데 이틀이 걸렸다.

협의를 끝낸 양측은 마지막 날, 임란 배상과 종전 협정에 이어 한일수호조약도 서명했다.

정원용이 인사했다.

"협의를 잘 마칠 수 있어서 다행입니다."

조후 분가주가 바람을 내비쳤다.

"인사는 우리가 드려야지요. 양국은 그동안 수많은 우여곡절을 겪어 왔습니다. 그러나 앞으로는 언제까지라도 선린 우호 관계를 유지해 나갔으면 좋겠습니다."

이서구가 화답했다.

"걱정 마세요. 우리 대한제국에 귀국이 나쁜 마음을 먹지만 않는다면 우리가 먼저 총부리를 겨누는 일은 없을 것입니다."

조후 분가주가 펄쩍 뛰었다.

"걱정 마십시오. 그럴 일은 절대 없을 터이니 조금도 신경 쓰지 않아도 됩니다."

"하하하! 그럼 다행이고요."

이서구가 손을 내밀었다. 조후 분가주도 이제는 능숙하게 그 손을 맞잡으며 환하게 웃었다.

협상을 마치고 기록화를 남기기 위해 잠시 대기했다. 그런 두 사람은 조후 분가주의 환송을 받으며 귀중한 문화재와 함께 귀환했다.

이주 시대와 북미 갈등

일본과의 협정을 마치고 돌아온 두 사람을 황제는 크게 반겼다. 이어서 2건의 협정 문건을 받은 황제는 내용을 읽어보고서 흡족해했다.

"아주 잘되었습니다. 드디어 3년여를 끌어온 과업이 대단원의 막을 내렸어요. 이번 일을 주도해 온 정 국장과 마무리를 잘한 이 외무상, 두 분 모두 수고했습니다."

이서구가 몸을 숙였다.

"황감하옵니다. 실무협상을 잘 진행한 덕분에 협정문 조인은 거의 요식행위였습니다."

정원용이 얼른 나섰다.

"그래도 외무상께서 최종 조율을 잘해 주셨기에 유종의 미를 거둘 수 있었습니다."

잠시 협의문의 내용을 놓고 질문과 대답이 이어졌다. 그런 대화가 끝날 즈음 이서구가 다른 보고서를 제출했다.

황제가 의아해했다.

"이게 무엇입니까?"

"이번에 넘어갔더니 일본이 본국의 유물 수백 점을 미리 수집해 놓았었습니다. 보고서는 그 유물의 목록과 역입니다."

약탈 유물 환수는 황제의 염원이었다. 그래서 보고를 받자마자 보고서를 펼친 황제는 살펴보다가 놀랐다.

"이게 사실입니까? 〈몽유도원도〉가 일본에 있었다고요?"

이서구가 들었던 내용을 전했다.

"그러하옵니다. 임진왜란 당시 일본군의 선봉장이었던 고니시가 한양에서 입수했다고 하옵니다. 어떻게 입수했는지는 알려지지 않았고요."

수상 정약용이 말을 정정했다.

"임란 당시 입수했다면 강탈을 했겠지요. 설마 누군가가 그걸 바치기라도 했겠습니까?"

이서구가 급히 사과했다.

"아! 제가 말을 실수했습니다. 수상 각하의 지적대로 강탈한 게 맞습니다."

황제가 제지했다.

"그만하세요. 지금은 그게 중요한 게 아니라 우리의 보물

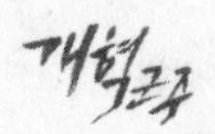

인 〈몽유도원도〉가 돌아왔다는 사실입니다."
정약용도 바로 물러섰다.
"맞습니다. 중요한 건 유물의 환수이지요."
"〈몽유도원도〉와 환수된 유물과 문화재는 어디에 있지요?"
이서구가 대답했다.
"〈몽유도원도〉는 폐하께서 궁금해하실 거 같아서 가져왔습니다. 다른 물건들은 원명원으로 보내 놨사옵니다."
"가져와 보세요."
대기하고 있던 관리가 조심스럽게 상자를 가져왔다.
황제가 용상에서 일어나 탁자로 다가갔다.
이서구가 상자를 열어 설명했다.
"두꺼운 두루마리에 안평대군의 발문과 당대 명신거유 이십여 명의 찬문입니다. 얇은 것은 안견의 그림과 몇 명의 찬문이옵니다."
"그림과 글이 함께 있는 서화합벽(書畵合璧)이었네요. 그것을 중간서 나뉘어 보관했고요."
"물건을 수집한 막부 노중도 왜 이렇게 되었는지는 모른다고 합니다. 한번 살펴보시지요, 폐하."
"그렇게 합시다."
황제가 상선을 불렀다.
"상선이 내관을 불러 두루마리를 펼쳐 봐."

"예, 폐하."

상선이 그림을 먼저 펼쳤다.

황제의 입에서 탄성이 터졌다.

"오! 대단하구나."

한동안 그림을 감상하던 황제가 발문과 찬문을 살폈다.

함께 살펴보던 정약용이 고개를 갸웃했다.

황제가 질문했다.

"수상께서 보시기에 이상한 점이 있나요?"

"발문과 찬문의 순서가 이상하옵니다. 기록에 따르면 〈몽유도원도〉 찬문은 제주 출신으로 한성부판윤을 거친 문충공(文忠公) 고득종(高得宗)이 첫 번째로 나와 있습니다. 그런데 이 찬문에는 보시는 대로 신숙주(申叔舟)가 첫 번으로 올라 있사옵니다."

황제가 단정했다.

"표구를 일본에서 새로 했나 보네요. 신숙주는 오랫동안 영상을 지내면서 일본에도 이름이 알려진 분이다 보니 일부러 순서를 바꿨나 보네요."

정약용이 씁쓸해했다.

"그런 거 같습니다. 실제로는 그럴 필요가 전혀 없는데도 가치를 높이려 그랬나 보네요."

황제가 고개를 저었다.

"이래서 더더욱 유물과 문화제를 환수해야 합니다. 우리라면 감히 이런 식으로 유물을 훼손시키지는 않았을 겁니다.”

정약용도 적극 동조했다.

“당연히 그렇사옵니다. 누가 앞에 있든, 뒤에 있는 그게 무엇이 중합니까? 진실로 중한 것은 작품 그 자체를 잘 보관하는 일인데요.”

황제가 지시했다.

“〈몽유도원도〉는 나라의 보물입니다. 지금이라도 되돌아왔으니 그나마 다행이에요. 교육상이 전담해서 최고의 장인에게 의뢰해 〈몽유도원도〉를 원래대로 복원하도록 지시하세요.”

“그렇게 조치하겠습니다.”

황제가 지시했다.

“선조들의 유물을 제대로 지키지 못하면 이 〈몽유도원도〉처럼 됩니다. 그러니 유물과 문화재 보호에 더한층 힘을 써야 합니다. 그리고 우리의 귀중한 유물이나 문화재를 외국으로 반출하는 행위를 처벌하는 법 제정을 내각에서 검토하세요.”

정약용이 고개를 숙였다.

“바로 조치하겠사옵니다.”

〈몽유도원도〉가 환수되었다는 소식에 많은 사람이 기뻐했다. 그러다 일본이 자의적으로 내용을 변경했다는 사실에 크게 분노했다.

문화재보호법이 일사천리로 제정되었다.

법이 제정되자 전국의 사찰과 서원, 그리고 각 가문에 대한 일제 조사를 시행했다.

이전이었다면 이런 유물 조사에 서원과 유력 가문들은 적극적으로 동참하지 않았다.

그런데 이번은 달랐다.

희대의 명품도 잘못 관리하면 어떻게 되는지를 확인하면서 분위기가 달라졌다. 이들은 최선을 다해 조사에 응했으며, 보관과 관리의 어려움을 들어 국가에 기증하는 곳도 대폭 늘어났다.

기증받은 유물은 목판이 많았다.

국가는 재정을 투입해 목판을 인쇄하고, 한글 번역본을 만들어 배포했다. 이것을 본 가문과 서원에서의 유물 기증이 늘어났으며, 관련 연구가 많이 늘어나는 효과를 가져왔다.

가을이 되었다.

지난해부터 구주 지역 일본인을 대상으로 한 이민이 시작되었다. 그러나 첫해였고 준비가 부족한 탓에 본격적으로 추진되지는 않았다.

그러나 1년이 지난 지금은 달라졌다. 지난 1년여 동안 착실히 준비해 온 덕분에 추수가 끝나면서 이주가 본격화되었다.

그런데 의외의 문제가 생겼다.

보고를 받은 황제가 놀랐다.

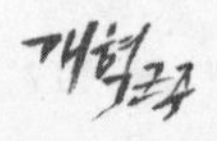

"구주 지역 이주 신청이 이렇게나 많습니까?"

정약용이 대답했다.

"그러하옵니다. 신청자가 너무 많아 이민 업무가 마비될 지경이라고 하옵니다."

"의외네요. 많을 거라고 예상은 했지만, 이 정도일 줄은 몰랐네요."

정약용이 사정을 설명했다.

"농민이 자기 땅을 갖고 싶은 것은 가장 기본적인 욕구입니다. 구주의 농민은 지금까지 농노처럼 욕구를 누르고 살아왔습니다. 그러나 이제는 그럴 필요가 없어졌다는 사실을 깨달은 것이 가장 큰 원인입니다."

"으음! 그래도 인구의 절반 이상이 신청할 줄은 몰랐네요. 그것도 한 달도 안 되어서요."

내무상 박종보가 거들었다.

"지난해는 준비도 소홀했지만, 구주 농민들도 기연가미연가했었을 겁니다. 그러다 이주한 주민들 소식이 들려오면서 제안이 사실이라는 것을 알게 된 영향도 컸습니다."

정약용도 동조했다.

"맞습니다. 그런 영향들이 겹치면서 이주 신청이 폭발적으로 늘어난 것이지요. 그런데 이주를 다 받아 주면 통치에 문제가 되지 않을까 걱정입니다."

황제가 고개를 저었다.

“아니요. 그 부분은 신경 쓰지 마세요. 구주 주민이 줄어든다고 해서 문제가 되지 않아요.”

“하오나 너무 많은 사람이 빠져나가면 농사도 문제가 되지 않겠사옵니까?”

황제가 고개를 저었다.

“그렇지 않아요. 일본은 통제와 다이묘의 사치를 위해 주민들을 철저하게 억압해 왔습니다. 산아까지 제한할 정도로요. 이제부터는 본토처럼 출산 장려 정책부터 적극 시행하세요. 그리고 정부 정책에 부응하는 사람들에게는 더 많은 농지를 배분하고요. 그러면 인구는 절로 늘어날 겁니다.”

정약용이 이해했다.

“본국처럼만 된다면 어려움은 잠시겠습니다.”

“그래요. 그리고 우리가 개발한 각종 농기구와 가축을 지원해 주세요. 그러면 급작스러운 인구 감소에 따른 어려움도 쉽게 채워질 겁니다.”

“알겠습니다.”

황제가 당부했다.

“일본 본토에서의 이주도 시작해야 합니다. 그러니 조만영 공사에게 이주 문제를 최우선 사업으로 추진하라 지시하세요. 짐이 예상하건대, 일본 본토에서의 이주도 대단히 많을 겁니다.”

“예, 폐하.”

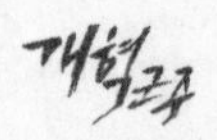

"이제부터 이주가 본격화될 것입니다. 해당 부서에서 체계적으로 잘 관리해 나갈 수 있도록 수상께서 특별 지침을 내려 주세요."

"명심하겠사옵니다."

황제의 예상대로였다.

구주만큼은 아니지만 일본 본토에서의 이주민도 의외로 많았다. 이렇게 된 데에는 새로운 권력으로 모리 가문이 등장한 때문이었다.

모리 가주는 쇼군이 아니다.

그래서 집권을 도운 다이묘들과 어느 정도는 권력을 공유해야 했다. 그러나 영지까지 포상해 준 다이묘들의 권력이 너무 커지는 것은 문제였다.

모리 가주는 이 문제를 효과적으로 해결하기 위해 이민 정책을 들고나왔다.

유력 다이묘들에게도 이민 정책이 꼭 나쁘지는 않았다.

내전으로 노동력이 상당히 죽어 나갔다.

그 바람에 노동력이 없는 노약자가 비례적으로 급증했다. 다이묘들의 향락과 사치를 위해 이런 잉여 인력은 없는 것이 좋았다.

모리 가문도 새로 얻은 직할 영지의 분위기를 쇄신할 필요가 있었다. 200여 년 이어 온 도쿠가와 가문의 흔적이 의외로 깊었기 때문이다.

오랜 내전으로 줄어든 경제력 때문에라도 전체 인구가 줄어들 필요가 있었다. 이런 여러 사정이 맞물리면서 이주민이 많이 늘어났다.

이주는 다른 곳에서도 진행되었다. 상해와 싱가포르가 개발을 위해 문호를 개방한 것이다.

강남의 송나라는 본래부터 빈민들의 숫자가 상당히 많았다. 청국도 대한제국과의 전쟁 과정에서 발생한 빈민들이 상당했다.

대한제국은 노동력 확보를 위해 대륙의 빈민들을 받아들이기로 했다. 이 정책에 송과 청이 크게 반기면서 이주 희망자들이 대거 몰려들었다.

대한제국은 사전 작업부터 했다.

상해에는 인도와 남방 인부들이 있었다.

몇 년간의 경험으로 상당수는 중간 관리자가 되기에 손색이 없었다. 그래서 이들을 싱가포르 현장으로 배치했으며, 나머지는 상해에 배치했다.

이런 사전 작업을 거치고서 문호를 개방했다. 그렇다고 무작정 한족 인부를 받아들이지도 않았다.

송과 청의 협조를 얻어 상해 주변 몇 곳에 접수처를 설치했다. 접수처에서는 체력과 심성이 확인된 인부들에 한해 이주를 결정했다.

그런데 너무 사람이 몰려들었다. 그 숫자가 너무 많아 선

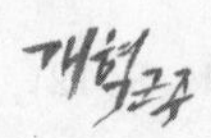

별하는 일조차 어려울 지경이 되었다.

이러한 사정이 황제에게 보고되었다.

"하! 예상은 했지만, 업무를 볼 수 없을 정도로 몰려들 줄은 몰랐네요."

정약용이 사정을 설명했다.

"송나라도 그렇지만 청국도 빈민들을 구제할 수단이 마땅히 없습니다. 양국의 위정자들도 빈민 구제의 적극성도 별로 없고요. 그래서 빈민들을 내몰듯이 접수처로 보내는 거 같습니다."

"송은 포교를 위해서 빈민 구제를 하고 있지 않나요?"

정약용이 고개를 저었다.

"처음에는 열심히 했습니다. 그러나 빈민들이 많아지면서 부작용이 속출했습니다. 특히 일도 안 하고 구휼만 받으려는 자들이 생겨나는 문제도 대거 발생했고요. 그래서 이제는 거의 형식적인 상황으로 바뀌었습니다."

황제가 한숨을 내쉬었다.

"어디든 그런 자들이 나오나 보네요. 선의가 계속되면 감사하기는커녕 권리로 생각하는 자들이 문제입니다."

"그렇습니다. 그런데 의외의 상황이 벌어지고 있습니다. 우리말을 잘하면 선발된다는 소문이 돌고 있다고 합니다. 그래서 접수처 주변에서 죽기 살기로 우리말을 배우려는 자들이 폭발적으로 늘어나고 있다고 합니다."

"오! 그렇습니까?"

"예. 그래서 우리 직원들이 따로 사람을 모아 우리말을 가르치는 경우도 생겼답니다."

"음!"

침음하던 황제가 지시했다.

"차라리 그걸 양성화합시다."

"어떻게 말입니까?"

"양국 조정과 협의해서 정식으로 우리말강습소를 세웁시다. 그러고는 오전 오후로 나눠 우리말을 가르치게 하세요. 한나절 동안 우리말을 배운 자들에게는 간단한 시험을 하고는 빵을 배급해 주는 겁니다. 그리고 교육받은 자들 중에 우리말을 잘하는 순서대로 선발하고요."

정약용이 우려했다.

"좋은 말씀이옵니다. 헌데 양국에서 우리말강습소 설치를 허가해 주겠습니까?"

외무상 이서구가 장담했다.

"충분히 가능한 일입니다. 저들에게 빈민들은 전혀 도움이 안 되는 집단입니다. 구제의 대상보다 처리의 대상이지요. 그런 양국이 우리가 우리말을 가르쳐서 데려다 쓴다는데 반대할 이유가 어디 있겠습니까?"

황제도 동의했다.

"외무상의 말씀이 맞아요. 자신들이 버린 빈민을 우리가 가르쳐 쓰겠다는데 무슨 명분으로 그걸 막겠어요."

정약용이 우려했다.

"폐하! 대륙을 경영하는 우리입니다. 이제는 양국의 입장도 생각해 주어야 하옵니다. 명분을 중시하는 저들에게 우리 말강습소는 상당히 껄끄러운 존재가 될 가능성이 높습니다. 청국은 더구나 불과 15년 전만 해도 자신들이 천하제일 대국이란 자부심에 가득 찼던 자들입니다."

황제가 인정했다.

"수상의 말씀이 맞네요. 이제는 힘이 약해서가 아니라 맏형으로서 최소한의 명분은 세워 주어야 하는 게 맞습니다. 그런데 이런 기회를 그냥 외면하기에는 아깝네요."

이 말을 들은 정약용은 황제의 바람을 꺾은 것 같아 송구했다. 그는 잠시 고심하다 대안을 냈다.

"폐하, 이렇게 하면 어떻사옵니까?"

황제가 눈을 빛냈다.

"묘안을 찾아냈습니까?"

정약용이 설명했다.

"장강 하구, 상해 맞은편에는 숭명도라는 이름의 큰 섬이 있습니다. 대륙 내전 당시 송과 청이 여러 번 쟁탈전을 벌인 격전지여서, 그 여파로 섬 대부분이 비어 있는 상태입니다."

"지금은 어느 나라 땅이지요?"

"청국입니다."

"그 섬에 우리말강습소를 설립하자는 말인가요?"

"그렇사옵니다. 양국과 협의해 그 섬에 우리말강습소를 설립한다면 양국의 체면을 그나마 살려 줄 수 있을 것입니다. 그렇게 되면 우리가 필요한 인력 수급도 쉬워지고 빈민 구제도 할 수 있게 될 것이옵니다."

"기존 신청소를 폐지하고 섬에다 우리말강습소를 세운다면 격리하는 느낌이 들겠군요."

"그렇습니다. 그러면 지금의 혼란도 크게 줄어들 것입니다. 양국의 체면도 살려 줄 수 있고요."

이서구도 적극 찬성했다.

"그게 좋겠습니다. 섬에 강습소를 세우면 필요 인력을 미리 교육할 수도 있습니다. 장강 하구여서 거기서 싱가포르로 바로 갈 수도 있고요."

황제가 문제를 제기했다.

"사람들이 섬으로 들어오는 것이 문제가 되지 않겠어요? 먹을 것도 없는 빈민들에게는 강을 건널 뱃삯조차 없는 사람이 태반일 겁니다."

정약용이 고개를 저었다.

"그 정도는 알아서 해야 합니다. 상해는 앞으로 공장이 대거 들어설 예정입니다. 공장 노동자들은 최소한의 머리는 돌아가야 합니다. 뱃삯조차 마련하지 못하는 주변머리와 능력이라면 차라리 지원하지 않는 게 좋습니다."

이서구도 동조했다.

"수상의 말씀이 맞습니다. 무슨 일이든 최소한의 일머리는 깨칠 정도는 되어야 합니다."

황제가 윤허했다.

"좋습니다. 그렇게 추진해 보세요."

황제의 승인이 떨어지자 외무성은 즉각 양국 공사를 외무성 청사로 불렀다.

양국 공사는 이서구의 상황을 설명을 듣고는 모두 찬성했다.

이들에게 빈민은 구제의 대상이 아니라 처리의 대상이었다. 그렇다 보니 자신들의 체면을 세워 주면서 취한 조치에 누구도 이의를 제기하지 않았다.

대륙에서의 이주는 이렇듯 약간의 우여곡절을 겪어야 했다. 그러나 사전 교육을 받은 양질의 노동력과 얻게 되는 순기능을 가져왔다.

이 때문에 더 놀라운 일이 발생했다.

한족 빈민들은 상해와 싱가포르 이주에 거의 목숨을 걸다시피 했다. 그럴 수밖에 없는 것이 송과 청에서 이들이 할 일이 거의 전무했다.

섬으로 들어가기 전부터 우리말 교육을 받으려는 사람들이 늘어났다. 이런 상황이 지속되다 보니 상해 주변에 우리말을 사용하는 사람들이 급격히 늘어나기 시작한 것이다.

황제는 이런 기회를 놓치지 않았다.

"우리말강습소의 교육 시간을 확대하세요. 한나절 교육을 받는 자들 중 우수자를 선발해 종일반을 만드세요. 그리고 오전 오후 빵을 배급해서 우리말만 교육받아도 먹고살 수 있게 하세요."

"알겠습니다."

"그리고 우리말에 특별한 자질이 있는 자들이 나올 겁니다. 그들을 별도로 선발해 관리자 교육을 시키세요. 그리고 선발된 자들에게는 의복 지급과 함께 약간의 교육비도 지급하세요."

정약용이 놀랐다.

"그렇게까지 하실 필요가 있사옵니까? 한족 빈민들은 먹고사는 문제만 해결해 줘도 충성을 다할 겁니다."

황제가 고개를 저었다.

"그렇지 않아요. 사람들이 먹고살 걱정이 없어지면 누구든 자신의 자리를 돌아보기 마련입니다. 특히 머리가 뛰어난 자들은 더 그러하고요. 그러니 사전에 그런 자들을 선발해 다양한 혜택과 교육을 통해 우리 사람으로 만드세요."

"그들로 하여금 한족들을 통제하게 하라는 말씀이군요."

"예. 그게 가장 좋은 방안이에요. 그리고 그들의 자식들에게도 같은 혜택을 부여해 준다면 대를 이어 충성하게 될 겁니다."

"좋은 말씀이옵니다. 그런데 너무 많은 사람이 몰리면 문제가 생기지 않겠사옵니까?"

황제가 고개를 저었다.

"걱정 마세요. 북방이 평정되고 15년이 지나면서 식량 자급은 완전한 성공을 거두고 있어요. 그런 점을 잘 활용하세요."

정약용도 적극 동조했다.

"맞습니다. 만주 일대의 대형 농장에서 막대한 양의 양곡이 생산되면서 자급이 가능해졌사옵니다. 밀가루는 이제 서양에 수출까지 할 정도로 양산되고 있고요."

"예. 그러니 한족 수십만이 섬으로 넘어와도 충분히 감당할 수 있을 겁니다. 필요한 재원은 상무사가 지원하도록 조치하겠습니다."

이 무렵 대한제국에서는 제분 공장이 속속 생겨나고 있었다. 만주에서 대량의 밀이 재배되고, 증기기관을 이용한 제분 기계가 만들어졌기 때문이다.

덕분에 밀가루는 이제 누구나 사 먹을 수 있는 생필품이 되었다. 여기에 더해 유럽에까지 수출될 정도로 하나의 산업으로 발전하고 있었다.

그래서 황제가 자신 있게 한족 이주 정책을 추진할 수 있었던 것이다.

정약용도 크게 고개를 끄덕이며 황제의 계획에 화답했다.

"상무사가 도와준다면 더 바랄 게 없지요. 알겠사옵니다. 폐하께서 말씀대로 적극 추진해 보겠사옵니다."

"그러세요. 기왕 시작할 거라면 한족 중간 관리자들을 제대로 양성하세요. 그리고 철저하게 우리 제국에 충성하는 인물로 만드세요.”

“반드시 그렇게 만들어 보겠사옵니다.”

본래는 너무 몰리는 한족 빈민을 처리하는 방안을 논의하려 했다. 그러던 것이 한족 중간 관리자를 양성하기로 결정하면서 일이 커졌다.

이 계획은 의외의 반향을 불러왔다.

송과 청에서 출세하려면 과거에 급제해야 한다. 간혹 향용 출신이 관리가 되는 경우도 있었으나 이들도 거인(擧人) 출신이 대부분이었다.

그런데 우리말만 잘하고 최소한의 지식만 있으면 중간 관리자가 될 수 있는 길이 열린 것이다.

송, 청의 빈민 중에는 몰락 귀족들도 상당수가 있다. 빈민 중에도 출세 욕구가 강한 자들도 의외로 많았다.

이런 출세 지향적인 자들에게 중간 관리자는 도전해 볼 만한 자리였다.

소문이 나면서 더 많은 사람이 몰렸다. 그와 함께 우리말을 배우려는 열기도 더한층 달아올랐다.

유럽은 전후 빈곤으로 이주가 활발히 진행되고 있었다. 여기에 동양 각국도 이주에 동참하면서 본격적으로 이주 시대가 시작된 것이다.

❁

세계적으로 진행되고 있는 이주 열풍은 대한제국이 주도했으며, 그 중심에 북미 대륙이 있다. 본토와 일본, 그리고 유럽 이주민이 몰려들면서 북미 지역은 격변기로 접어들었다.

대한제국은 계획을 세워 가며 이주민을 받아들였다. 그 일환으로 처음부터 인종이 잘 섞일 수 있도록 이주민을 고르게 배치했다.

뉴올리언스로 들어오는 유럽 이주민의 절반을 캘리포니아와 태평양 연안으로 보냈다. 동양에서 넘어오는 이주민도 절반을 루이지애나 일대로 보냈다.

이주민이 정착하면 기본적인 개척 도구를 지급해 주었다. 가족 수에 따라 경지면적도 나눠 주었다.

가장 중요한 식량은 다음 추수까지 견딜 수 있도록 넉넉히 배급해 주었다. 이런 정책 배려 덕분에 이주민들은 쉽게 정착에 성공하고 있었다.

지역 거점마다 교육 시설과 생필품 공장이 건설되었다. 거점 도시에는 학자와 기술자들을 배치해서는 도시 발전에 심혈을 기울였다.

이렇게 할 수 있었던 것은 이주민 관리가 가능했기 때문이다.

대한제국은 이주민을 뉴올리언스와 캘리포니아 지역 몇

개 항구로만 받아들였다. 그리고 체계적으로 이주민들은 교육하고 정착시켰다. 이러한 관리를 이주민들은 크게 반겼다.

이주민들은 대부분 순종적이다.

유럽 이주민들은 귀족과 정부의 압박, 그리고 전쟁의 폐해를 이기기 위해 이주해 왔다. 그들에게 대한제국이 실시하는 교육과 이주민 배치 같은 관리는 어쩌면 바람이었다.

이들은 모국에서 한 번도 이러한 정책적 배려나 관리를 받아 본 적이 없었다. 이들에게 정부와 귀족은 착취자였으며 폭압의 주체였을 뿐이다.

그래서 대한제국이 실시하는 이주민 교육에 다들 순응했다. 그래야 양식도 배급받을 수 있고 땅도 무상으로 분배받을 수 있기 때문이다.

대한제국의 관리 체계는 유럽에도 소문이 나 있었다. 그래서 관리에 순응하겠다고 마음먹은 사람들이 뉴올리언스로의 이주를 선택했다.

그럼에도 일부는 관리 정책에 반발했다.

유럽 이주민들은 자발적으로 배를 탔을 정도로 독립심이 강하다. 그래서 어느 정도 제약을 받아야 하는 관리를 거부하는 경우가 종종 나왔다.

대한제국은 이런 자들을 철저하게 처리했다. 교육에 불응하면 무조건 체포해 수형시켰다. 그런 후 이어진 순화 교육도 거부하면 그대로 추방했다.

추방된 자들 중 상당수가 미국으로의 이주를 선택했다. 이들에게 유럽은 귀족과 정부의 간섭과 횡포로 정착해 살기 어려운 땅이었기 때문이다.

미국으로 넘어간 자들은 뉴욕에 처음 발을 내디디는 순간 실망한다. 뉴올리언스가 뉴욕에 비해 앞선 도시라는 사실을 경험하기 때문이다.

최초의 미국 수도였던 뉴욕은 3년간의 전쟁을 겪으면서 크게 훼손되어 있었다. 그로 인해 두 도시의 격차가 더 크게 느껴졌다.

뉴올리언스는 북미 대륙을 관통하는 거대한 미시시피 하구에 위치했다. 그래서 도시 주변으로 엄청난 규모의 삼각주가 펼쳐져 있었다.

대한제국이 이런 삼각주를 적극 개발하면서 도시는 확장을 거듭하고 있었다. 토목공사가 꾸준히 진행되면서 수많은 일자리가 생겨났다.

일자리가 많아지면 자연스럽게 도시에는 활력이 넘친다. 가뜩이나 이주민들이 폭증하면서 북적이던 뉴올리언스는 그래서 더 활기차졌다.

그런데 미국은 달랐다.

미국은 철저하게 개인의 자유를 중시하며 이주민을 방임했다. 이주민 스스로가 노력하지 않으면 어떠한 도움과 혜택도 받지 못했다.

이주민이 도착하면 신고부터 해야 하는 것까지는 동일했다. 그런데 대한제국은 유럽 이주민들에게 최소한의 식량만큼을 배급해 준다.

빵 한 조각뿐인 배려이기는 하다.

우리말을 배워야 하는 제약도 있다.

그러나 이런 배려가 이주민들에게는 그야말로 목숨 줄이나 다름없었다.

그런데 뉴욕과 뉴올리언스를 모두 경험한 자들이 많아지면서 의외의 문제가 발생했다.

텍사스의 모래바람

미국은 영미전쟁에서 패하지 않았다.

최강국인 영국과 몇 년을 싸워 승패 없는 휴전을 하기는 했다. 그러나 전쟁에 따른 피해는 고스란히 미국의 몫으로, 주요 전장이 미국이어서 동부 일대가 막대한 피해를 입어야 했다.

더 큰 문제는 내부에 있었다.

미국은 13주가 모여 나라를 만들었다. 그러다 보니 각 주의 권한은 거의 나라에 버금갈 정도로 컸다.

이러한 주의 독립성은 영미전쟁을 거치면서 극렬한 분파주의로 변질되었다. 연방주의와 반연방주의가 격돌하면서 내분의 조짐까지 보였다.

여기에 경제공황까지 발생했다.

미국은 영미전쟁에 필요한 전비를 지폐 발행으로 충당했었다. 그 결과 전쟁이 끝나면서 몇 년 동안 혹독한 경제공황을 겪고 있었다.

이러한 미국이 이주민들에게 눈을 돌릴 여력이 없었다. 그런데 뉴올리언스에서 적응을 못 해서 미국으로 건너간 자들이 모략을 꾸몄다.

이들 중 상당수가 합의해 변호사 출신 하원 의원을 통해 미국 국무장관과 면담했다.

"어서 오시오. 아메리카합중국 국무장관 존 퀸시 애덤스(John Quincy Adams)요."

"반갑습니다. 저는 영국 출신의 프랭크 레이놀즈라고 합니다."

두 사람이 악수를 나눴다.

"그런데 레이놀즈 선생께서는 무슨 일로 나를 만나고 싶어 하신 것이지요?"

"장관님. 저는 미국의 국익을 위해 텍사스 공략을 제안하고자 합니다."

존 퀸시 애덤스가 깜짝 놀랐다.

"이게 무슨 말씀입니까? 텍사스는 한국의 이민자들이 대거 정착하고 있는데, 그런 지역을 어떻게 공략한단 말입니까?"

프랭크 레이놀즈가 자신했다.

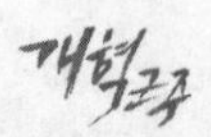

"충분히 가능합니다. 제가 뉴올리언스에서 확인한 바에 따르면 텍사스는 땅은 넓은 데 비해 사람이 많지 않습니다. 더구나 이주민은 한국의 본토 사람보다는 만주족이나 아시아 남쪽 출신이 많고요. 이런 텍사스에 상당한 병력이 들어가 자리를 잡는다면 분명 좋은 성과를 거둘 수 있을 겁니다."

"성과라면 무엇을 말하지요?"

"저희는 텍사스로 들어가 세력을 모은 뒤 독립을 선언하려고 합니다. 그렇게 독립을 쟁취하고는 시간을 봐서 미국과 합병을 추진하겠습니다."

존 퀸시 애덤스의 눈이 커졌다.

"독립도 쉽지 않은 일입니다. 그런데 우리와 합병을 하겠다고요?"

"그렇습니다. 그러니 우리에게 무기와 식량을 지원해 주십시오."

존 퀸시 애덤스가 고개를 저었다.

"쉽지 않습니다. 그리고 텍사스 지역은 멕시코와 붙어 있고 우리 합중국과는 떨어져 있습니다."

프랭크 레이놀즈가 어깨를 으쓱했다.

"월경지면 어떻습니까? 중요한 건 한국의 기세를 꺾을 수 있다는 점이지요. 솔직히 미국의 입장에서 한국의 발전이 결코 바람직한 것이 아니지 않습니까?"

"그렇기는 합니다만 쉽지 않은 일입니다."

존 퀸시 애덤스가 거듭 부정적인 의견을 냈다.

그러자 프랭크 레이놀즈가 그를 적극 설득했다.

"장관님. 저와 뜻을 함께하겠다는 사람들이 수백이 넘습니다. 여기에 현지에 살고 있는 인디언까지 합류시킨다면 짧은 시간에 상당한 세력을 형성할 수 있을 겁니다."

애덤스가 처음으로 관심을 보였다.

"현지 인디언들을 어떻게 합류시킨단 말입니까?"

"텍사스는 땅이 넓습니다. 그런 텍사스의 일부 지역에 인디언 자치 지역을 만들어 줄 겁니다. 그 정도의 약속이라면 충분히 그들을 설득할 수 있을 겁니다."

"으음!"

처음에는 말도 안 되는 제안이라 생각했다. 그런데 현지 인디언이 합류한다면 이야기가 다르다.

"한국이 인디언에 대해 유화적인 정책을 편다고 들었소. 그런데도 설득이 가능하겠습니까?"

프랭크 레이놀즈의 눈이 빛났다. 존 퀸시 애덤스가 긍정적인 의견을 냈기 때문이다.

"국무장관님. 우리가 실패한다고 해서 미국의 국익에 해가 되는 것은 아닙니다. 한국은 미국과 달리 별다른 어려움 없이 북미 지역을 개척해 왔습니다. 우리가 들어가서 이런 한국을 흔들어 놓는 자체만으로도 성과가 아니겠습니까?"

존 퀸시 애덤스도 인정했다.

"그건 그렇습니다. 한국은 지금까지 너무도 순탄하게 세력을 확장해 왔지요."

"예. 그러니 우리가 텍사스에서 활약할 수 있도록 지원해 주십시오."

"프랭크 레이놀즈 씨와 뜻을 같이하겠다는 사람이 얼마나 됩니까?"

"지금은 백여 명 정도입니다. 하지만 10만의 뉴욕 인구 중에서 우리와 뜻을 함께하는 사람은 얼마든지 있을 겁니다."

"그렇다고 대놓고 사람을 뽑을 수는 없습니다. 뉴욕에는 한국영사관도 있고 한국인도 거주하고 있어요. 만일 공개 모집을 하다 저들이 알게 되면 그 자체로 문제가 됩니다."

프랭크 레이놀즈가 크게 웃었다.

"하하하! 걱정 마십시오. 뉴욕에는 노랑 원숭이들이 출입 못 하는 술집이 한두 곳이 아닙니다. 그런 곳만 돌아다녀도 쉽게 사람을 모을 수 있을 겁니다."

존 퀸시 애덤스가 고개를 끄덕였다.

"백인 중에는 인종차별주의자들이 많으니 상당한 숫자가 모일 수도 있겠군요."

"분명 그렇게 될 것입니다."

존 퀸시 애덤스가 결정했다.

"사람만 많다면 추진해 볼 만한 일이기는 합니다. 그러나 사안 자체가 민감한 문제이니만큼 신중하게 생각하지 않을 수 없네요."

프랭크 레이놀즈도 인정했다.

"그러실 겁니다. 만일 국무장관께서 지원해 준다고 해도 대외적으로는 유력 부호가 지원해 준 것으로 소문을 내겠습니다."

"좋은 의견입니다."

"부디 현명한 결정 부탁드립니다."

그와 면담을 마친 존 퀸시 애덤스가 마차를 타고 대통령궁으로 건너갔다. 영미전쟁 당시 크게 파괴되었던 대통령궁은 백색으로 새 단장을 마치면서 백악관으로 불리고 있었다.

존 퀸시 애덤스가 웨스트 윙의 대통령 집무실 오벌 오피스(Oval Office)로 들어갔다. 책상에 앉아 서류에 서명하던 제임스 먼로가 환하게 웃으며 그를 맞았다.

"어서 오게, 존."

"안녕하십니까? 미스터 프레지던트."

"이 시간에 어인 일인가? 존은 항상 오전에 들어왔는데."

"급히 상의드릴 일이 생겨서요."

존 퀸시 애덤스가 프랭크 레이놀즈와의 만남을 설명했다.

제임스 먼로가 대번에 큰 관심을 보였다.

"놀라운 일이군요. 텍사스를 독립시키려는 생각을 하는 사람이 있을 줄 몰랐네요. 그런데 지금은 시기가 너무 늦지 않았을까요?"

“그의 설명을 들어 봤을 때는 추진해 볼 만한 일이라는 생각이 들었습니다. 설령 실패한다고 해도 우리가 받을 피해는 거의 없고요.”

제임스 먼로가 과거를 회상했다.

“후! 갑자기 과거에 간발의 차로 루이지애나를 매입하지 못한 일이 생각이 나는군요. 그때 우리가 먼저 루이지애나를 매입했었다면 합중국의 역사는 완전히 달라졌을 겁니다.”

존 퀸시 애덤스도 동조했다.

“맞는 말씀입니다. 우리 역사에서 가장 아쉬운 장면이 그 일이었습니다. 그때 우리가 한국을 제치고 루이지애나매입에 성공했다면 우리 미국은 지금보다 두 배 이상의 영토를 보유하면서 대국으로 발전할 수 있는 토대를 마련했을 것입니다. 그렇다고 해서 한국이 진출해 있는 로키산맥은 넘지는 못했겠지만 말입니다.”

제임스 먼로도 동의했다.

“그랬겠지요. 우리 합중국의 국력이 아직은 한국을 상대할 정도는 아니지요.”

“각하. 어떻게 하시겠습니까? 저는 저들을 지원해 주는 게 국익에 도움이 된다고 생각합니다.”

제임스 먼로가 우려를 드러냈다.

“자신들이 알아서 이런 계획을 갖고 왔다는 나쁘지는 않네요. 그러나 저들이 포로로 잡혔을 때가 문제에요. 우리는 지금까지 한국과 미시시피를 공동 경영해 오면서 나름대로 잘 지내왔습니다. 그런데 우리가 텍사스의 독립을 지원한 사실이 알려지면 큰 문제가 발생할 수 있어요."

"처음부터 우리가 아예 빠지면 됩니다. 남부에는 유색인종에 대해 극단적인 혐오감을 가진 지주들이 많습니다. 그래서 대통령 각하께서 추진하는 흑인 노예의 아프리카 이주도 반대를 많이 하고 있고요. 그런 지주 몇 명만 설득하면 지원은 충분히 해 줄 겁니다."

1816년 창설된 미국식민협회는 해방 노예들의 아프리카 재이주를 추진했다. 제임스 먼로는 이런 미국식민협회를 적극 후원하고 있었다.

제임스 먼로가 일어나 창으로 갔다. 한동안 창밖을 내다보며 고심하던 제임스 먼로가 끝내 찬성을 하지는 않았다.

"나는 듣지 않은 것으로 할 터이니 존이 알아서 추진해 보세요. 그러나 나중에라도 문제가 될 소지는 아예 없애 놓아야 합니다."

"그렇게 하겠습니다."

제임스 먼로가 주의를 주었다.

"결코 쉽지 않을 겁니다. 그럼에도 내가 이 일을 묵인하는 까닭은 한국의 성장세가 너무 두렵기 때문입니다. 우리나라에서 가장 큰 뉴욕이 이제 겨우 10만이 넘었습니다. 그런데 뉴올리언스는 벌써 20만을 훌쩍 넘겼다고 하더군요. 거기다

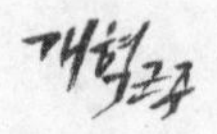

각종 공장이 무수히 들어서고 있고요."

존 퀸시 애덤스가 생각을 밝혔다.

"저도 그래서 이번 일을 추진해 보려고 생각했습니다. 우리는 독립 이후 가장 중요한 시기를 영미전쟁으로 날려 버렸습니다. 그 후유증을 지금도 겪고 있고요. 반면에 한국은 일본과 전쟁하면서도 국가 발전을 가속하면서 우리와의 격차를 더 벌리고 있습니다."

제임스 먼로가 씁쓸해했다.

"한국의 국력이 그만큼 탄탄하다는 말이지요. 더 큰 문제는 유럽 이주민들이 우리 미합중국이 아닌 북미한국을 택한다는 거예요. 우리 미합중국은 이민자의 나라입니다. 그런 미합중국의 입장에서 이민자들이 북미한국을 택하고 있다는 사실은 국가 발전에 큰 위협이라 하지 않을 수 없습니다."

이런저런 생각에 마음이 답답해진 두 사람은 한동안 말을 못 했다.

그러다 존 퀸시 애덤스가 자리에서 일어났다.

"가 보겠습니다. 오늘 논의했던 일은 대통령께서는 모르는 일입니다. 설령 문제가 된다고 해도 제 선에서 끊겠습니다."

제임스 먼로가 한숨을 내쉬었다.

"후! 잘 부탁합니다."

백악관을 나온 존 퀸시 애덤스는 남부 대지주 몇 명과 은밀히 접촉했다. 이들은 극단적인 인종차별주의자들로 그의 제안에 전부 찬성했다.

남부 대지주의 적극적인 지원에 힘입어 준비는 한 달여 만에 끝났다. 지주들의 전폭적인 지원을 받은 프랭크 레이놀즈는 삽시간에 지원자를 오백여 명이나 긁어모았다.

이들 대부분은 뉴욕 생활에 적응을 못 한 부랑자들이었다. 그래서 뉴욕시도 프랭크 레이놀즈를 은근히 도와주면서 지원자가 대폭 늘어났다.

한 달 후.

뉴욕에서 몇 척의 배가 출항했다. 선단에는 자칭 '텍사스 원정대'가 타고 있었으며, 그들의 말과 식료품이 잔뜩 선적되어 있었다.

선단은 동부 해안을 따라 내려가 플로리다반도를 돌았다. 그러고는 다시 며칠을 항해한 끝에 텍사스 해안에 닻을 내렸다.

"빨리빨리 물건을 하역해라."

원정대장이 된 프랭크 레이놀즈는 권총을 빼들고서 독려했다. 그의 독려와 오랜 선상 생활에 지친 탓인지 원정대는 빠르게 움직였다.

작은 보트가 십여 번을 움직인 끝에 모든 짐을 하역할 수 있었다. 프랭크 레이놀즈는 하역한 짐을 각자의 말에 나눠 싣게 하고는 소리쳤다.

"텍사스 원정대 출발!"

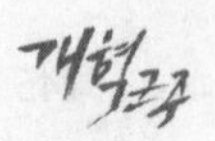

그의 지시에 따라 오백여 명이 줄지어 이동했다.

◈

텍사스에서 이런 움직임이 있던 연말.

황제에게 20여 년을 기다리던 낭보가 전달되었다.

"드디어 성공했단 말이오?"

초대 약학청장이었던 정약용이 몸을 숙였다. 그런 그의 목소리도 기쁨에 떨려 나왔다.

"예, 폐하. 푸른곰팡이를 응용한 약제의 안정화에 성공했사옵니다."

"임상은 확인했고요?"

"그러하옵니다. 매독 환자와 폐렴 환자에는 특효를 보였사옵니다. 아울러……."

정약용이 그동안의 과정에 대해 설명했다.

설명을 들으면서 황제는 너무도 기뻤다.

황제가 처음 제약을 시작할 때 가장 먼저 추진했던 약품이 아스피린과 페니실린이다. 그러나 두 약품 모두 안전성에 심각한 문제가 있었다.

다행히 아스피린은 빠르게 안전성을 확보했다. 덕분에 그동안 진통해열제로 엄청난 효과를 발휘해 오고 있었다.

그러나 페니실린은 그러지 못했다.

황제도 약학에 대해서는 기초 지식밖에 없었다. 그래서 할 수 있었던 것은 최대한의 지원뿐이었다.

유럽에서 현미경이 도입되면서 기초학문도 함께 들어왔다. 이를 통해 병원균에 대한 개념도 처음으로 생겨났다.

전국의 대학에 의대가 생겼으며, 기초의학을 연구하는 학자들도 배출되었다.

그렇게 20여 년의 의료 지식 기반이 축적되고 나서야 페니실린의 안전성을 확보한 것이다. 여기에는 수많은 의학자들이 땀과 노력이 들어 있었다.

물론 모든 의학자들이 이 연구에만 투입된 것은 아니다. 그리고 실패가 나쁜 것만도 아니었다. 실패를 거듭하며 다양한 연구를 진행하면서 의학 수준이 급격히 상승했기 때문이다.

그중 백미는 마취제의 발견이었다.

이전까지 마취제는 중독성이 강한 아편이나 대마가 고작이었다. 그마저도 구하기 어려워 웬만한 외과 수술은 마취제도 없이 시술할 때가 많았다.

그 바람에 고통으로 환자가 죽는 경우도 종종 발생했다. 그래서 마취제는 의사들이라면 누구나 바라는 약품이었는데, 그걸 연구 도중에 발견한 것이다.

마취제의 발견으로 의학 수준은 크게 도약할 수 있었다. 페니실린의 안전성 확보는 이러한 과정 끝에 이뤄진 것이었다.

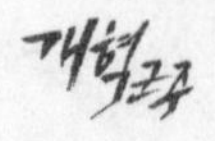

황제가 호탕하게 웃었다.
"하하하! 정말 수고들 많았습니다. 페니실린으로 만든 각종 의약품은 앞으로 수많은 생명을 구하게 될 겁니다."
정약용도 덩달아 기뻐했다.
"신도 20년 숙원이 풀려서 너무도 기쁘옵니다."
"다른 누구보다 수상께서 고생하셨어요. 초대 약학청장이 되신 이후 지금까지 이 사안에 대해서 손을 놓지 않았잖아요?"
"그러하옵니다. 신은 처음, 이 약 개발에 대한 폐하의 하교를 들었을 때부터 필생의 숙원이라고 생각했습니다. 그래서 어느 부서를 맡더라도 이 일만큼은 손을 놓지 않아 왔습니다."
"하하! 그런 수상의 집요한 노력이 인류 역사에 큰 족적을 남기게 되었어요. 페니실린의 부작용을 제거한 덕분에 우리나라 제약업은 이제 세계 최고의 반열에 우뚝 서게 될 겁니다."
"이번 개발에도 서양의 의학자들이 큰 도움을 주었습니다. 지금도 그렇지만 앞으로는 더 많은 인재들을 영입해야 하겠습니다."
"그렇게 하세요. 그리고 기초과학자들은 영입도 해야 하지만 양성에도 전력을 기울여야 합니다."
정약용이 고개를 숙였다.
"명심하겠사옵니다."
황제는 페니실린 안전성 확보에 공을 세운 과학자들에게

푸짐한 포상을 했다. 그러고는 개발한 기술을 국가비밀특허로 등록시켰다.

그런 뒤 특허료를 받고 제약회사에 기술을 이전했다. 이렇게 받은 특허료 중 일부를 과학자들에게도 분배해 주었다.

이 조치에 과학자들은 열광했다.

페니실린은 처음부터 황제가 국책 과제로 선정해 추진한 사업이었다. 그래서 특허료를 받을 것으로는 예상하지 못하다 얻은 소득이었다.

더구나 일부여도 예상 수익이 상당했다. 그 바람에 연말의 학계가 때아니게 후끈 달아올랐다.

❋

해가 바뀌었다.

북미 대륙에서 급보가 날아왔다. 보고를 받은 황제의 용안이 그 어느 때보다 심각해졌다.

"텍사스 지역에서 조직적인 반란이라니요? 이게 대체 어떻게 된 일입니까?"

국방대신 류성훈이 황송한 표정을 지었다.

"저희도 도무지 이해가 되지 않사옵니다. 이런 일이 있을 것을 예방하기 위해 여러 민족을 배치했습니다. 유럽 출신들도 상당하고요. 덕분에 지금까지 단 한 번도 불미한 일이 일어나지 않았습니다. 그럴 기미조차 파악된 적이 없고요."

"반란군의 숫자가 얼마나 된다고 하지요?"

"천여 명 정도라고 합니다."

"으음! 천여 명이라니 큰일이군요."

침음하던 황제가 질문했다.

"혹시 멕시코 쪽에서 넘어온 자들 아닐까요? 중남미와 남미 전역이 지금 독립전쟁으로 몸살을 앓고 있는 상황이잖아요. 그들 중 일부가 넘어왔을 수도 있지 않을까요?"

류성훈이 고개를 저었다.

"그럴 가능성은 거의 없습니다. 우리와 국경을 접한 멕시코의 독립전쟁은 거의 막바지입니다. 그런 멕시코가 전력을 분산시킬 리는 만무합니다. 스페인은 병력이 없어서도 그렇게 못하고요."

"그럼 외부에서 병력이 들어왔다는 겁니까?"

"솔직히 아니라는 말을 못하겠습니다. 그리고 만주족들이 자신들이 참전해 반군을 진압하겠다고 하는데, 이를 수용해야 할지도 걱정입니다."

황제가 딱 잘랐다.

"받아들이세요. 그들이 북미로 넘어간 지 20여 년입니다. 그동안 교화가 되지 않았다면 우리 정책이 애초부터 실패한 겁니다."

"그래도 섣불리 무장을 시켰다가 더 큰 화근이 될 수도 있지 않겠습니까?"

황제가 고개를 저었다.

"예단하지 마세요. 그들은 만주에서 살던 만주족들입니다. 더구나 텍사스가 만주보다 더 살기가 좋다는 말을 해 왔습니다. 그건 이제 텍사스가 그들의 고향이 되었다는 의미나 다름없습니다. 우리 백성이 우리나라를 지키는데 무기를 내주지 않을 까닭이 없지요."

"알겠습니다."

"그리고 우리와 가까운 원주민들에게도 적극 도움을 요구하세요."

류성훈의 안색이 흐려졌다.

"그런데 반군에 원주민들도 상당수가 있다는 보고가 있사옵니다."

황제가 침음했다.

"으음! 그건 더 심각한 일이군요."

잠시 고심하던 황제가 결정했다.

"모든 원주민이 반란에 동참하지는 않았을 터이니 그들에게 도움을 요청하세요. 그런데 만일 원주민들이 모두 반란에 동참했다면 이유 여하를 막론하고 섬멸해 버려야 합니다."

황제는 북미 원주민에 대해 항상 유화적이었다. 그런 황제가 처음으로 강경하게 나오자 모두의 안색이 더 굳어졌다.

"명심하겠습니다."

"북미군단에서 여단 병력을 차출해 투입하세요. 특히 이번을 기회 삼아 주민들을 화합시키도록 하세요. 그러기 위해서는 참전을 원하는 주민들은 인종에 관계없이 모두 받아들이고요. 아무리 생각해도 반란군이 갑자기 나타났다는 건 외부에서 들어왔다고밖에 볼 수가 없습니다. 그러니 비원과 군의 모든 정보 요원을 투입해 상황을 조사하세요."

류성훈이 굳은 표정으로 대답했다.

"알겠습니다. 만약 미국이 개입했다는 정황이 발견된다면 어떻게 조치해야 합니까?"

황제의 대답이 바로 나왔다.

"미국이 개입되었다면 당연히 응징해야지요. 그러나 미국이 그런 어리석은 선택을 하지는 않았을 겁니다. 설령 개입했다고 해도 개인을 앞세우거나 나섰겠지요."

"개인이면 응징하기 어렵지 않을까요?"

황제가 단호하게 정리했다.

"칼에는 칼입니다. 개인이 주동이라면 특수부대를 투입해서라도 그자와 그자의 가족, 그리고 그가 가진 사업장을 지워 버리세요."

"인원이 많아도 말입니까?"

"인원이 아무리 많아도 관계없습니다. 반드시 철저하게, 그리고 단호하게 응징해야 합니다. 그러지 않고 어영부영 넘어간다면 이런 일이 수시로 벌어질 겁니다. 그렇게 되면 우리의 이주 계획 자체가 흔들릴 수가 있습니다."

정약용도 동조했다.

"폐하의 하교가 지당합니다. 자국민을 지키지 못하는 나라에 누가 충성하겠습니까?"

류성훈이 이를 악물었다.

"알겠습니다. 두 번 다시 도발하지 못하도록 철저하게 응징하겠습니다. 그리고 반군이 미국에서 들어왔다면 분명 바다를 통해서일 겁니다. 그러니 이번 기회에 뉴올리언스를 모항으로 하는 새로운 함대를 창설해야겠습니다. 그래서 지금까지 거의 방치해 두었던 멕시코만에 대한 경계도 새롭게 보강해야겠습니다."

황제가 즉석에서 승인했다.

"그렇게 하세요. 멀다고 해도 우리 바다는 우리가 지켜야지요. 함대 이름은 대서양함대로 하고, 기왕이면 상당한 전력을 배치하세요."

"예, 폐하."

반란군은 이렇듯 북미 지역의 군사력 판도에 엄청난 변화를 몰고 왔다. 이는 미국이 예상조차 못 했던 일로, 자신이 던진 돌이 거꾸로 자신들 뒤통수를 때린 격이 되었다.

황제의 지시가 떨어지자 군은 곧바로 행동에 나섰다.

가장 먼저 북미군단이 움직였다. 이어서 뉴올리언스와 텍사스 지역에서 토벌대가 조직되었다.

대한제국이 북미에 진출하고 처음으로 조직하는 토벌대다. 그 바람에 주민들 호응이 높아 천여 명을 선발할 수 있었다.

특히 만주족 출신이 다수가 지원하면서 별도의 부대도 만들어졌다.

토벌은 봄부터 본격화되었다.

기병여단과 지역민병대, 토벌대까지 투입됐음에도 쉽게 꼬리를 잡지 못했다. 텍사스 지역이 넓고, 지리에 밝은 일부 원주민들이 반란군을 도와주고 있었기 때문이다.

그러나 꼬리가 길면 잡히는 법.

정찰과 추적에 능한 만주족이 꾸준히 선발대로 반란군을 추격했다. 그러다 마침내 반란군의 본거지를 찾아낼 수 있었다.

반란군도 빠르게 움직였다.

본거지가 발각되자 그동안 자행해 온 노략질을 포기했다. 그러고는 만일에 대비해 흩어져 있던 병력을 모아 도주를 감행했다.

보름 넘게 텍사스 일대에서 추격전이 벌어졌다. 그런 와중에 몇 번의 작은 격돌이 있었으나 압도적인 무력으로 반란군을 모조리 사살했다.

놀란 반란군이 치와와사막으로 들어갔다. 치와와사막은

거친 황무지가 대부분이어서 현지 원주민들도 들어가길 꺼리는 곳이다.

하물며 전부 유럽 출신인 반란군에게 사막은 죽음의 땅이나 다름없었다. 그럼에도 치와와사막으로 들어간 것은 대한제국의 추적이 그만큼 두려웠기 때문이다.

이것이 결정적 판단 착오였다.

황무지 사막에는 이동한 흔적이 오랫동안 남는다. 추적의 달인인 만주족은 이런 흔적을 놓치지 않았다.

양군의 거리가 사흘 이상 벌어져 있었다. 그런데 사막으로 들어서자마자 단숨에 절반 이내로 좁혀지더니, 이내 지평선에 먼지가 보일 정도로 접근했다.

이제 반나절이면 꼬리를 잡힌다.

잡히면 총살형이란 것을 알고 있는 반란군은 결사적으로 도주했다. 그러나 사막의 혹독한 기후는 말의 지구력을 급격히 떨어지게 했다.

도주가 이어지며 프랭크 레이놀즈는 꼴이 말이 아니게 변해 있었다.

온몸은 먼지로 뒤덮였으며, 제대로 잠을 자지 못해 눈은 시뻘겠다. 입술은 가뭄의 논처럼 갈라져 피가 흘러내리고 있었다. 더 문제는 급격히 떨어진 체력으로 엉덩이는 얼얼하고 허벅지는 쓰리다는 것이었다.

당장이라도 말을 세우고 잠을 자고 싶었다. 그러나 그 잠

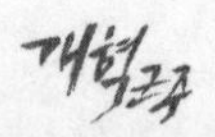

이 곧 죽음이었기에 무조건 달려야 했다.

이런 그의 옆으로 반군부대장이 다가왔다.

"대장. 이렇게 도망만 치다가는 결국 꼬리를 잡히고 맙니다. 그러니 이쯤에서 결단을 내려야 하지 않겠습니까?"

"결단? 무슨 결단을 내리라는 거야?"

"저들과 맞싸웁시다. 추적대가 쫓아오는 속도라면 내일이면 꼬리가 잡힙니다. 그렇게 되면 싸우고 싶어도 체력이 달려 싸울 수도 없습니다."

"나도 무작정 도주만 하고 싶지는 않아. 하지만 저들이 보유한 소총의 위력이 월등해서 엄두가 나지 않아."

부대장이 전방의 황량한 산을 가리켰다.

"저리로 올라가시지요. 저 산이라면 추적대의 소총 사거리를 어느 정도는 만회할 수 있을 겁니다. 가서 우선은 쉬면서 체력부터 충전해야 합니다. 그렇지 않으면 달리다 죽어나가겠습니다. 그리고 백병전을 유도합니다. 다른 건 몰라도 백병전만큼은 체격이 월등한 우리가 노란 원숭이들보다 월등히 잘 싸우지 않겠습니까?"

프랭크 레이놀즈의 귀가 솔깃해졌다.

그는 말을 달리면서 산과 주변을 샅샅이 살폈다. 그러던 그가 결국 부대장의 의견을 따랐다.

"좋아! 그렇게 하자. 죽더라도 한 놈이라도 죽이고 죽어야지. 이대로라면 억울해서 못 죽겠어."

"잘 생각하셨습니다."

부대장이 뒤로 몸을 돌려 소리쳤다.

"모두 저 산으로 올라간다! 가서 휴식을 취할 것이니 최대한 힘을 내어 말을 몰아라!"

반란군은 거의 무의식적으로 말을 달리고 있었다. 말도 지치고 사람도 지쳐서 그저 관성에 의해 달리고 있었던 것이다.

이런 반란군에게 휴식이란 단어 자체가 감로수였다. 설령 감로수를 먹고 죽을지언정 당장 말안장에서 내리고만 싶었다.

두! 두! 두! 두!

반란군이 마른 수건에 물기 짜듯 힘을 냈다. 마지막 남은 혼신의 힘을 다 쏟아 산에 오른 반란군 대부분은 그대로 땅에 널브러졌다.

철저한 응징

2시간도 되지 않아 추격대가 도착했다.

추격대 지휘관은 북미군단 기병여단장 홍경래 대령이었다. 홍경래는 대대장까지 북방에서 근무하다 진압군에 자원했다.

대한제국군은 지휘관들의 경험 축적을 위해 순환 근무를 권장했다. 진급을 위해서도 반드시 필요할 절차여서, 보통은 중대장에서 대대장 사이로 기한을 정한다.

그럼에도 홍경래가 늦게 자원한 까닭은 그의 능력 때문이었다. 북벌에서 큰 공을 세운 홍경래는 작위를 받은 이후에도 교만하지 않았다.

늘 솔선했으며 전투가 벌어지면 언제나 자신이 먼저 달려 나갔다. 덕분에 승진을 거듭해 30대 중반에 대령이 되면서 순환 근무가 늦어졌다.

장관(將官) 승진이 예정되어 있었다.

그럼에도 반란군 소식이 들리자마자 자원했다. 주변에서는 당연히 만류했다. 그동안 쌓아 온 경력에 자칫 흠결이 생길 수도 있다는 우려 때문이다.

홍경래는 개의치 않았다.

그는 지금까지 생사고락을 함께해 온 기병여단과 자원했다. 이런 홍경래의 뒤를 단 한 명의 낙오 없이 기병여단 전원이 함께했다.

그리고 토벌에 참여했으며, 쫓고 쫓기는 추격전을 벌인 끝에 드디어 여기까지 왔다.

병력을 이끌고 산 아래에 도착한 홍경래가 지시했다.

"수색대는 이 일대 지형을 샅샅이 조사하라!"

"알겠습니다."

홍경래의 지시가 이어졌다.

"만주족도 수색대를 도와 지형을 조사해 주시오."

"예, 대장님."

만주족들도 홍경래가 북벌 당시 어떠한 활약을 했는지 알고 있었다.

본래라면 원수라고 해도 과언이 아닐 홍경래를 만주족들은 존경했다. 그만큼 홍경래의 용맹함과 그동안 쌓아 온 전

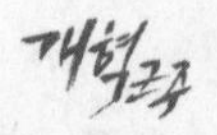

공은 위대했다. 그리고 원하지 않은 이주였으나 북미에서의 삶에 만족해하고 있는 덕분이었다.

홍경래의 지시를 받은 수색대와 만주 기병이 사방으로 흩어졌다. 반란군은 이를 내려다보고 있었음에도 별다른 조치를 취하지 않았다.

딱히 대응할 수단이 없었다. 더구나 프랭크 레이놀즈조차 깜빡 잠들 정도로 다들 피곤에 절어 있었다.

상황은 대한제국군도 마찬가지였다. 추적을 당했던 반란군보다는 덜 피로했지만 대한제국군도 상당히 지쳐 있었다.

그러나 휴식이 길면 긴장도 풀어진다.

그것을 알고 있는 홍경래는 휘하 병력에게 잠깐의 휴식만 주었다. 그러고는 본인이 직접 수색대와 함께 주변 지형을 둘러봤다.

한동안 주변 지형을 둘러보고 온 홍경래가 지휘관들을 소집했다. 홍경래는 그 자리에서 역전의 용장답게 거침없이 병력을 배치했다.

"……이대로 병력을 배치한다. 그리고 지형으로 봤을 때 패색이 짙어지면 반란군이 산으로 도주할 가능성이 높다. 그러니 수색대와 만주 기병은 도주하는 반군 잔당을 추적할 준비를 하라."

"명심하겠습니다."

홍경래가 주의를 주었다.

"힘들겠지만 전부 죽여서는 아니 된다. 저놈들은 분명 배후가 있다. 그러니 되도록 포로를 많이 잡는 방식으로 전투에 임하도록 하라."

지휘관들의 얼굴에 난감함이 스쳤다.

전투에서 적을 생포하는 것이 사살하는 것보다 훨씬 어려웠기 때문이다. 그러나 홍경래가 왜 이런 지시를 하는지 모르는 지휘관은 없다.

"명심하겠습니다."

"섬멸보다 어려운 것이 포로다. 그럼에도 우리는 반드시 포로를 잡아 배후를 캐내야 한다. 그리고 배후가 밝혀지면 내가 직접 병력을 이끌고 가서 박살을 낼 것이다."

홍경래가 주먹을 움켜쥐었다.

"그래서 감히 우리 땅을 놓고 삿된 욕심을 품은 대가를 철저하게 받아 낼 것이다."

누군가 질문했다.

"여단장님, 개인이라면 그 가문을 뿌리까지 찾아내 말살하면 됩니다. 그런데 만일 그 상대가 미국 대통령이면 어떻게 합니까?"

홍경래는 주저 없이 대답했다.

"예외는 없다. 만일 미국 정부가 개입한 사실이 분명하다면 워싱턴으로 쳐들어가 반드시 피의 대가를 받아 낼 것이다."

"그러면 전쟁입니다."

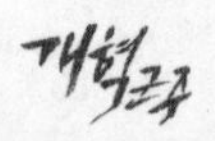

“당연히 그렇겠지. 미국 대통령이 그런 생각도 없이 반란군을 지원해 줄 리는 만무하다.”

홍경래가 지휘관들을 둘러봤다.

“우리에게 더 이상의 영토는 무의미하다. 더구나 미국처럼 통제도 제대로 안 되는 나라는 삼키면 오히려 독이다. 그러나 영토를 차지하지 않더라도 피의 대가는 얼마든지 받아낼 수 있다.”

참모장이 동조했다.

“맞습니다. 저들이 건설한 도시들만 철저히 파괴해도 성과는 충분합니다.”

“그래. 영토 대신 저들의 미래를 지워 버리면 된다. 그것도 정식으로 항복할 때까지!”

누구도 이의를 제기하지 않았다. 지휘관들 모두 대한제국의 군사력이면 충분히 가능하다는 생각을 하고 있었기 때문이다.

“각자 위치로 돌아가라. 보름 가까이 잠도 못 자고 쫓기던 반군이다. 그런 반군에게 한나절 휴식은 오히려 독이다. 그러니 저들이 정신을 차리기 전인, 지금부터 정확히 20분 후부터 공격을 시작한다. 모두 시계를 내서 시간을 맞춰라.”

지휘관들이 일제히 팔을 내밀었다. 하나같이 군에서 보급한 시계를 차고 있던 지휘관들은 시간을 맞추고서 흩어졌다.

그리고 20분 후.

반란군도 추격대가 온 것을 알고 있었다. 그러나 병력이 공격 대형을 유지하지 않아 몇 명의 정찰병을 제외한 나머지는 아직도 비몽사몽이었다.

쾅! 쾅! 쾅! 쾅!

프랭크 레이놀즈는 반나절의 휴식으로 겨우 몸을 추슬렀다. 그러나 아직 정신을 차리지 못하고 있을 때 갑작스러운 포격 소리에 깜짝 놀랐다.

그가 벌떡 일어나며 소리쳤다.

"아니! 이게 뭐야. 어디서 포를 쏘기에 여기로 포탄이 떨어져?"

그가 황급히 주변을 둘러봤다. 그런 그의 시야에 대한제국 기병여단이 뭔가를 조작하는 모습이 들어왔다.

"뭐가 저렇게 생겼지? 혹시 저게 대포야?"

그의 의문은 곧 현실이 되었다.

펑! 펑! 펑! 펑!

수십 문의 박격포가 일제히 불을 뿜었다.

"어? 어?"

프랭크 레이놀즈는 잠깐 혼란스러웠다.

포격 소리도 기존의 소리가 아니었다. 그런데 포연도 의외로 적었으며 날아오는 포탄이 보였다.

그렇다고 절대 속도가 느리진 않다. 프랭크 레이놀즈가 포탄을 봤다고 느낀 순간 포탄은 벌써 도달해 폭발했다.

꽈꽝! 꽝! 꽝!

곡사화기인 박격포는 야전에서 탁월하다. 특히, 지금처럼 적군이 고지에 있는 경우는 최고의 효과를 보인다.

프랭크 레이놀즈가 놀라 소리쳤다.

"아니! 기병이 포격을 하다니. 이게 어떻게 된 거야? 무거운 대포를 어떻게 말에 싣고 다닌단 말인가? 그리고 포탄은 왜 폭발을 하는 거야?"

모든 것이 놀랍고 두려웠다.

그가 이렇게 우왕좌왕하고 있으니 반란군도 당연히 정신이 없었다.

기병이 포격을 한다는 자체가 일종의 문화충격이나 다름없다. 그런데 쏘아진 포탄이 폭발하며 반란군을 더 경악시키고 있었다.

무차별 포격이었기에 사상자는 많이 나오지 않았다. 그러나 정신적인 충격은 그보다 몇 배나 커서 하나같이 허우적댔다.

홍경래는 시간을 살피며 지시했다.

"저격수를 근접 배치하라. 지금부터 반란군을 천천히 압박해 들어간다!"

기병여단 병력이 빠르게 전진했다.

황무지 사막이어서 산에는 풀도 거의 없다. 그래서 포격에 우왕좌왕하던 반란군도 이런 병력의 움직임을 어렵지 않게 포착했다.

프랭크 레이놀즈가 소리쳤다.

"적군이 올라온다! 모두 정신을 차리고 적을 맞을 준비를 하라!"

반란군도 즉각 대응했다. 포탄이 쏟아지는 와중에도 나름 최선을 다해 수비 대형을 만들었다.

탕! 퍽! 탕! 퍽!

그러나 쉽지 않았다.

수비 대형까지는 그래도 억지로 만들었다. 그러나 고개만 내밀면 어디선가 총탄이 날아왔다.

하나같이 머리가 터져 나갔다. 어떤 경우는 동시에 두 발이 적중해 아예 머리가 날아가기도 했다.

"으악!"

반란군은 대부분 전투 경험이 없었다. 있다고 해야 몇 개월 노략질을 저지른 게 고작이다.

이런 반란군은 포격도 견디기 어렵다. 그런데 저격이 시작되면서 머리가 터져 나가는 상황이 쏟아지면서 몇몇이 공황 상태에 빠져 버렸다.

"살려 줘! 나는 죽기 싫어!"

공황 상태의 반란군 일부는 쏟아지는 포격을 무시하고 뛰어나갔다. 일부는 비명을 지르며 몸부림쳤으며, 일부는 웅크려서는 몸을 떨어 댔다.

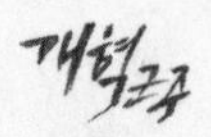

불과 십여 명이었다. 그럼에도 이들로 인해 갑자기 상황이 최악으로 치달았다.

이런 상황을 지켜보던 프랭크 레이놀즈는 울분이 터졌다.

"이런, 빌어먹을! 남을 죽일 생각이라면 나도 죽을 각오를 했어야지. 정신 상태가 이 정도로 나약했다면 애초에 지원을 말았어야지!"

그가 권총을 빼 들고서 난동을 부리는 자들을 거침없이 쏘아 버렸다.

탕! 탕! 탕!

그가 소리쳤다.

"부대장들은 저놈들을 제압하지 않고 뭐 하는 거야! 어서 제압하든 사살하든 서둘러 조치해!"

프랭크 레이놀즈가 악을 썼다.

그 소리에 놀란 부대장들이 허둥대며 상황을 수습하려 뛰어다녔다. 그로 인해 혼란은 겨우 진정되면서 나름대로 반격이 시작되었다.

프랭크 레이놀즈는 갖은 애를 쓰며 독려했다. 그러나 한 번 꺾인 반란군의 기세는 쉽게 회복되지 않았다.

그래도 험한 지형 덕을 보며 어찌어찌 버텨는 내고 있었다. 그러나 언제 깨질지 모르는 상황이 연속되고 있었다.

해가 뉘엿뉘엿 넘어갈 즈음.

반란군 부대장이 다가왔다.

"대장. 이대로라면 전멸입니다. 오늘은 어떻게 버텨 낼 수 있지만, 내일은 결코 쉽지 않습니다. 저들도 내일은 사생결단을 내려고 할 것이고요."

프랭크 레이놀즈도 모르지 않았다.

"후! 그래도 버텨 봐야지."

"버텨 봐야 개죽음뿐입니다. 곧 날이 어두워질 터이니, 때를 봐서 도주를 감행하시지요."

프랭크 레이놀즈가 고개를 저었다.

"도주도 쉬운 일이 아니야. 더구나 이 병력을 데리고 어떻게 도주를 한단 말이냐?"

부대장이 급히 주변을 살폈다. 사람이 없는 것을 확인한 그가 목소리를 낮췄다.

"어차피 무너진 전력입니다. 이런 전력을 데리고 다녀 봐야 머리만 아픕니다. 그러니 처음에는 함께 움직이다가, 때를 봐서 우리끼리 국경을 넘읍시다. 여기서는 국경이 멀지 않습니다."

프랭크 레이놀즈의 눈이 커졌다. 부대장이 말한 '우리끼리'란 프랭크 레이놀즈가 처음 반란을 모의했던 인원을 말한다.

"우리끼리만?"

"예. 멕시코는 요즘 독립전쟁으로 난리도 아닙니다. 그런 멕시코로 스며들어 적당히 신분세탁을 한다면 쉽게 자리를 잡을 수 있을 겁니다."

프랭크 레이놀즈의 머릿속이 복잡해졌다.

고심하는 그에게 부대장의 은근한 목소리가 뱀의 혀같이 파고들었다.

“대장. 인디언까지 포함하면 천여 명이나 되는 병력입니다. 이 병력을 전부 끌고 가는 건 불가능합니다.”

“끄응!”

“거사에 실패한 우리를 미국은 절대 인정하지 않을 겁니다. 연결고리를 만들지 않으려고 처음부터 남부 지주를 소개해 주었으니 오히려 우리를 공격할 수도 있어요. 그러니 미국은 아예 기대도 하지 마세요.”

프랭크 레이놀즈가 아쉬워했다.

“맞아. 분명 그렇게 할 거야. 우리가 처음부터 실수를 했어. 세력을 좀 더 키워 독립선언을 하려고 했던 게 패착이 되었어. 텍사스의 한국인들이 이렇게 충성심이 높을 줄 몰랐던 게 문제야. 어떻게 단 한 놈도 반란에 동조를 하지 않아.”

부대장도 인정했다.

“맞습니다. 그 때문에 쓸데없는 노략질을 하고 다녀 공적(公敵)만 되었습니다. 그러나 지난 일을 돌이켜봐야 무엇 하겠습니까? 이제는 살길부터 찾을 궁리를 해야지요.”

“한국군이 끝까지 추적해 오지 않을까?”

“그래도 어쩔 수 없지요. 북쪽으로 올라가면 우리는 정말 죽을 때까지 도망만 다녀야 합니다. 지금은 남쪽이 그나마 우리의 살길입니다."

프랭크 레이놀즈가 산지를 둘러봤다.

주변 산은 저녁놀에 물들고 있었다.

"젠장! 전쟁터에도 꽃은 핀다고 하더니. 오늘따라 저녁놀이 유난히 더 예쁘네."

부대장이 다시 설득했다.

"대장. 산이 험한 것이 우리에게는 오히려 기회입니다. 쉽지 않겠지만 저 산만 넘으면 멕시코는 코앞입니다."

부대장의 거듭되는 설득에 결국 프랭크 레이놀즈가 승낙했다.

"좋아! 그렇게 하자."

"잘 생각했습니다."

두 사람은 한동안 머리를 맞대었다.

날이 어두워지면서 포격이 멈췄다. 한나절 동안 시달리던 반란군은 겨우 한숨 돌릴 수 있었다.

프랭크 레이놀즈는 즉시 측근들을 모이게 했다. 그리고 자신의 결정을 알려 주니 이구동성 찬성했다.

❋

홍경래도 지휘관들을 소집했다.

"밤사이 저들이 산을 내려와 도주할 가능성도 없지 않다.

그러니 요소요소에 병력을 배치해 도주 가능성을 차단하라."
참모장이 질문했다.
"내일은 어떻게 공격하실 겁니까?"
"오늘 우리의 공격으로 저들은 전의를 많이 상실했을 것이다. 그러니 여명과 함께 총공격을 시작해 단숨에 숨통을 끊어 놓도록 하자."
"알겠습니다. 저는 참모들과 세부 계획을 세우겠습니다."
"수고들 하라."
간단히 저녁을 먹은 홍경래는 쉽게 잠을 이루지 못했다. 간이침대에서 뒤척이던 그는 막사 밖으로 나와 주변을 살폈다.
"부관! 오늘이 보름인가? 오늘따라 달이 유난히 밝구나. 하늘에는 구름도 한 점 없어."
부관이 대답했다.
"보름에서 하루 지났습니다."
"그래? 그런데도 달이 왜 이렇게 밝아?"
달이 밝으면 사람의 마음이 처연해진다. 홍경래도 휘영청 떠 있는 달을 바라보노라니 지나온 시절이 죽 지나갔다.
그는 이내 고개를 흔들었다.
'내가 감상에 젖을 때가 아니다. 반란군이 바로 코앞에 있는데 쓸데없이 마음이 여려지면 아무것도 할 수가 없어.'
자책한 홍경래가 일부러 눈을 부릅뜨고 산 주변을 살폈다.
그런데 뭔가 이상한 느낌이 들었다.

"부관! 저기 저곳을 살펴봐라. 뭔가 움직이는 거 같지 않아."

부관이 달빛에 의지해 유심이 능선을 살폈다. 그런 부관의 시야에도 희끗희끗한 형태가 움직이는 게 확실히 포착되었다.

"여단장님, 뭔가가 움직이는 것이 분명합니다. 그것도 적은 숫자가 아닙니다!"

홍경래가 아차 했다.

"이런! 반란군이 달빛에 의지해 도주를 감행하고 있구나."

홍경래가 총을 빼 들었다.

탕!

"비상! 비상! 반란군이 산으로 도주를 한다!"

산 아래에서 들리는 총소리에 프랭크 레이놀즈가 투덜댔다.

"빌어먹을! 달빛에 의지해 조심스럽게 움직이는 우리를 찾아내다니. 산 밑에 눈이 밝은 놈이 있었나 보구나."

"그러게 말입니다. 이대로 조금만 더 시간이 지났으면 좋았을 텐데요."

"어쩔 수 없지. 어차피 노출된 거, 이제부터 횃불을 밝히고 서둘러 움직이도록 하라!"

움직임이 노출된 반란군이 횃불을 켜고는 대놓고 움직였다. 그런 반란군의 뒤를 대한제국군이 바쁘게 추격했다.

그러나 허를 찔린 상황이었다.

반란군이 험준한 산을, 그것도 밤에 넘을 거라고는 예상 못 했다. 더구나 말을 탈 수 없는 산이어서 거리는 의외로 쉽게 벌어졌다.

※

다음 날이 되니 양측의 거리가 하루 이상 벌어졌다. 홍경래와 추격대는 이를 갈며 반란군의 뒤를 쫓았다.

그런데 혼란스러운 일이 발생했다. 만주족과 함께 선두에서 적을 추적하던 수색대장이 급히 달려와 보고했다.

"여단장님, 문제가 발생했습니다. 반란군의 흔적이 셋으로 나뉘었습니다."

홍경래의 머릿속이 번쩍했다.

"아! 반군이 이렇게 하려고 밤을 이용해 도주를 감행했구나."

참모장이 다가왔다.

"병력을 어떻게 나누면 좋겠습니까?"

"우선 현장을 가 보자."

현장에 도착한 홍경래가 말에서 내렸다.

수색대장이 다가와 흔적 상황을 보고했다.

"음!"

잠시 고심하던 홍경래가 결정했다.

"우리도 병력을 나눈다. 가장 적은 병력이 도주한 뒤를 나와 수색대가 쫓는다. 그리고 나머지 병력은 다수의 병력이 도주한 두 경로로 나눠 추적한다."

참모장이 의아해했다.

"여단장님께서 소수의 병력을 뒤쫓으시겠다고요?"

"그래. 아무래도 이들이 지도부인 거 같아. 그래서 내가 끝까지 추적하려고 해."

"그렇다고 해도 병력이 너무 적습니다. 최소한 1개 대대 병력만이라도 대동하십시오. 우리는 나머지 병력만으로도 충분합니다."

홍경래가 고개를 저었다.

"아니다. 저들의 숫자가 백 명 남짓이다. 그런 병력을 쫓기에는 대대 병력이 너무 많아. 추적에 능한 만주 기병 열 명과 수색중대 병력만으로 추적하겠다."

"너무 숫자가 적지 않겠습니까? 이대로라면 멕시코까지 넘어가야 하는데 그러기에는 병력이 너무 적습니다."

홍경래가 거듭 고개를 저었다.

"충분해. 병력이 너무 많으면 기동력이 떨어져서 안 돼. 멕시코에서는 내가 알아서 대처할 터이니 그 점은 신경 쓰지 마."

"……알겠습니다. 혹시 모르니 매일 전령을 올려보내 주십시오. 그래야 거리가 멀더라도 즉각 대처할 수 있습니다."

"그렇게 하지. 그리고 우리 병력에 여분의 말들을 지원해 주도록 해."

"예, 알겠습니다."

추격대도 병력을 나눴다. 홍경래는 수색중대 병력을 이끌

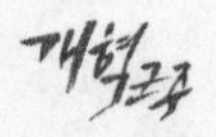

고 추적을 시작했다.

홍경래의 예측대로 소수 병력은 프랭크 레이놀즈가 인솔하고 있었다. 쓸데없는 병력을 정리한 이들은 부대장의 장담대로 빠르게 움직였다.

그러나 홍경래 병력의 기동력 덕분에 대번에 뒤를 따라잡혔다.

탕! 탕! 탕!

수시로 교전이 벌어졌다. 추격대가 너무 빨리 쫓아오자 반란군이 꼬리 자르기에 나섰기 때문이다.

홍경래는 이들을 문턱처럼 넘어가면서 반란군을 추적했다. 그럼에도 월등한 기동력 덕분에 양측의 거리는 시간이 갈수록 좁혀졌다.

물고 물리는 추격전이 벌어졌다. 밤낮도 없이 이어진 추격전은 멕시코까지 이어졌다.

그런 추격이 보름 남짓 이어졌다. 프랭크 레이놀즈는 온몸이 만신창이가 되어 갔다.

"헉! 헉! 정말 지독한 놈들이다. 어떻게 밤도 없이 추적을 해 온단 말이야!"

옆을 따르던 사내가 욕을 퍼부어 댔다. 그는 병력을 분산하자고 권유했던 부대장이었다.

"이런, 빌어먹을! 정말 지긋지긋하구나. 지금까지 대체 몇 달이야. 저놈들은 잠도 안 자는 귀신들인 거야 뭐야. 어떻게 쉬지를 않고 쫓아올 수가 있어."

프랭크 레이놀즈가 뒤를 돌아봤다. 어느새 추격대는 사람의 형태가 보일 만큼 성큼 다가와 있었다.

"으으! 이러다가 하루도 되지 않아 잡히겠어."

"대원 몇 명을 풀어놓을까요?"

"하지 마. 이제 겨우 열 명 남짓인데, 여기서 어떻게 병력을 더 나눠?"

그런데 이때였다.

전방에서 갑자기 모래 구름이 치솟아 올랐다. 그것을 본 프랭크 레이놀즈가 깜짝 놀랐다.

"아니, 저게 뭐야. 한국군이 무리를 나눠서 돌아온 거야?"

"그렇게 할 시간이 없었습니다. 아마도 다른 병력이 분명합니다."

"다른 병력이 여기에 왜 나타난 거지?"

이들과 비슷한 시각, 홍경래도 전방 상황을 포착했다.

함께하고 있던 중대장이 보고했다.

"여단장님, 전방에 미확인 부대가 출현했습니다."

"그래. 나도 확인했다."

"어떻게, 속도를 줄여야 하지 않겠습니까?"

"아니. 그대로 전진한다."

중대장이 곤혹스러워했다.

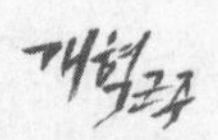

"그러다 충돌할 우려도 있습니다."

"걱정하지 않아도 돼. 저들이 적이라면 매복해서 우리를 노렸을 거야. 저렇게 대놓고 기세를 올리는 것은 우리가 누구인지 알고 있다는 의미야. 그러니 이번 기회에 반군을 잡을 수 있도록 전력으로 진격하자."

홍경래가 총을 빼 들었다.

"전군, 적을 향해 돌격하라!"

홍경래가 박차를 가하며 달려 나갔다. 그 뒤를 휘하 장병들이 일제히 속도를 올리며 따랐다.

그리고 얼마 지나지 않아서였다. 도주하던 반란군이 일단의 병력에 포위된 모습이 포착되었다.

중대장이 소리쳤다.

"중대장님. 전방에 이상 상황이 발생했습니다!"

홍경래가 급히 손을 들었다.

"전군! 속도를 줄여 완보로 행군한다!"

홍경래의 손짓은 단 한 번뿐이었다. 그 한 번에 전력으로 달리던 병력이 일제히 속도를 줄였다.

전방에 있던 병력은 혹시 모를 충돌에 대비해 긴장해 있었다. 그러다 대한제국군의 유려한 기마술에 하나같이 탄성을 터트렸다.

대한제국군은 천천히 접근하다 홍경래의 수신호에 맞춰 말을 멈추었다. 그것을 본 전방 부대에서 몇 명이 다가왔다.

다가오는 병력은 군복을 입은 자들도 있고 아닌 자들도 있었다. 그들 중 스페인군 지휘관 복장을 한 사람이 통역과 앞으로 나왔다.

그는 지휘관을 찾으려 하다 당황했다. 대한제국의 전투복은 서양과 달리 모두 똑같았기 때문이다.

"이 부대의 지휘관이 누구입니까?"

영어 통역을 들은 홍경래가 나섰다.

"내가 이 부대의 지휘관이오."

"혹시 그 유명한 홍경래 대령입니까?"

홍경래가 놀랐다.

"내가 홍경래요. 그런데 내 이름을 그대가 어떻게 알고 있소?"

"아! 그렇습니까? 반갑습니다. 우리는 멕시코 독립군입니다. 그리고 저는 이 부대를 지휘하는 과달루페 페르난데스 장군이라고 합니다."

"페르난데스 장군이군요. 반갑습니다."

두 사람이 굳게 악수를 나눴다.

과달루페 페르난데스가 상황을 설명했다.

"홍 대령님의 위명을 모르는 사람이 없습니다. 특히 우리와 같이 독립전쟁을 치르고 있는 중남미와 남미 각국의 독립투사들 사이에서 홍 대령님은 영웅이지요."

"하하! 영웅이라고요?"

"예. 귀국의 고토수복전쟁 전쟁사(戰爭史)는 거의 모든 독립

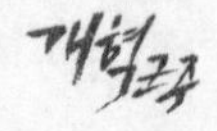

투사들이 갖고 있을 겁니다. 그 책을 읽으면서 우리의 독립에 대한 열망은 더 커졌지요. 그러면서 각 전투에서 놀라운 활약을 펼쳤던 홍 대령님의 위명도 여기 가슴 깊숙이 각인되었고요.”

과달루페 페르난데스가 자신의 가슴을 짚었다.

그 모습을 본 홍경래가 고개를 저었다.

“당연한 일을 했을 뿐입니다. 군인이라면 목숨을 던져서 나라에 충성해야지요. 나는 그 본분을 지켜 오고 있을 뿐입니다.”

“역시 영웅은 다르시군요.”

“그런데 오늘은 어떻게 된 겁니까?”

“텍사스 반란군을 귀국이 토벌을 시작했다는 소문을 들었습니다. 그런데 얼마 전, 반군이 멕시코로 넘어왔다는 소문에 놀라 병력을 이끌고 온 것이었습니다.”

그가 포위한 반란군을 손으로 가리켰다.

“다행히 반란군을 우리가 생포할 수 있었네요.”

홍경래가 놀랐다.

“반란군을 제압하기 위해 출병한 겁니까?”

“그렇습니다. 우리 멕시코는 지금 어수선합니다. 그런 멕시코로 반란군이 넘어왔으니 가만있을 수가 없었습니다. 그리고 홍 대령님을 만나고 싶은 생각도 있었고요.”

“내가 반란군을 추적할 거라고 확신했다는 말로 들리는군요.”

"물론이지요. 전쟁사에 기록된 홍 대령님의 성격이라면 무조건 국경을 넘을 것이라 예상했습니다. 그리고 귀국 황제께서 반란군을 절대 용서하지 않겠다고 천명하시기도 했고요."

홍경래가 크게 고개를 끄덕였다.

"그랬군요. 맞습니다. 장군의 예상대로 우리 폐하께서도, 나도 반란군을 단 한 명도 살려 둘 생각이 없습니다."

과달루페 페르난데스가 크게 웃었다.

"하하하! 역시 그렇군요. 그러면 직접 심문도 하실 겁니까?"

홍경래가 이를 갈았다.

"으득! 물론이지요. 철저하게 응징을 해야지요. 그래야 이런 일이 두 번 다시 일어나지 않지요."

그렇게 말하며 홍경래가 핏발 선 눈으로 반란군을 훑었다. 그 시선을 받은 반란군은 몸을 부르르 떨었다.

종두득두

반란군 심문은 바로 진행되었다.

"으악!"

심문은 곧 고문이었다.

자백을 받아 내기 위한 무자비한 고문이 진행되었다. 피가 튀고 뼈가 갈려 나갔다. 그럼에도 홍경래는 눈도 깜빡이지 않고 심문을 진행했다.

주범인 프랭크 레이놀즈는 누구보다 혹독한 고문을 당했다.

일을 꾸민 주범이라고 해서 정신력까지 강한 것은 아니다. 고문이 시작되자마자 프랭크 레이놀즈는 일의 전말을 줄줄이 실토했다.

그의 토설을 들은 홍경래도 멕시코 인사들도 미국의 간교

함에 치를 떨었다.

다른 반란군에게도 자백을 모두 받아 낸 홍경래는 그 자리에서 모두를 처형했다. 다른 자들은 교수형에 처했지만 프랭크 레이놀즈만큼은 참형에 처했다.

그러고는 그의 목을 소금 상자에 담았다.

홍경래가 인사했다.

"감사합니다. 과달루페 페르난데스 장군의 도움으로 일이 쉽게 마무리되었습니다."

그가 고개를 저었다.

"아닙니다. 얼마 남지 않은 토벌을 도와준 것에 지나지 않습니다. 그보다 부탁드릴 일이 있습니다."

"말씀해 보십시오."

"우리는 얼마 지나지 않아 독립을 쟁취할 것입니다. 만일 우리가 독립하면 귀국이 최대한 빨리 승인을 해 주셨으면 합니다. 귀국 같은 대국이 승인해 준다면 우리 같은 신생국이 큰 힘을 얻을 수 있습니다. 부탁드립니다."

홍경래가 즉석에서 승낙했다.

"알겠습니다. 다른 일도 아니고 수백 년 억압을 받다 쟁취한 독립입니다. 우리 폐하께서도 반드시 귀국의 독립을 크게 반기실 겁니다. 그리고 귀국의 독립을 미리 축하드립니다."

"감사합니다."

홍경래가 장담했다.

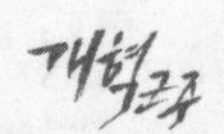

"정식으로 독립을 하면 본국에서 축하 사절이 예방할 것입니다."

"기대하고 있겠습니다."

두 사람은 굳게 악수를 나누었다. 불과 며칠이지만 서로 나눈 대화가 많아서인지 서로를 보는 눈에는 신뢰감이 가득했다.

❀

한 달 후.

꽈광! 쾅! 탕! 탕!

미국 남부 대지주 가문의 저택.

거의 성을 방불할 정도로 큰 저택에서 갑자기 큰 폭발이 발생했다. 밤을 낮처럼 밝힌 폭발은 몇 번이고 이어졌으며 총격도 무수히 발생했다.

미국 남부는 노예제도를 찬성한다.

그런 남부의 대지주들은 수백에서 수천의 노예를 거느리고 있다. 노예들은 백인 관리자들이 관리하며, 이들은 기본적으로 총기를 소지하고 있다.

밤사이 벌어진 폭발로 지주의 저택은 완전히 불에 탔다. 그와 더불어 지주를 비롯한 저택에 거주하는 모든 사람이 죽었다.

일부는 불에 타죽었지만, 사망자들 대부분은 사살되었다. 이는 백인 관리자들도 마찬가지여서, 폭발 소리에 집을 뛰쳐나온 이들은 단 한 명도 살아남지 못했다.

흑인 노예들은 무기가 전혀 없었다. 그리고 일부는 지주나 관리자들에게 처벌을 당해 인신이 구속된 상태였다.

이런 노예들은 밤새 두려움에 떨어야 했다. 그러나 누구도 죽거나 크게 다친 사람이 없었다.

노예들은 언제나 종소리를 듣고 일을 마쳤으며, 종소리에 맞춰 집을 나선다. 그런데 이날은 엄청난 굉음과 총소리가 난무했으나 밤사이 누구도 노예들은 불러내지 않았다.

그렇다고 잠을 잘 수는 없었다.

대부분 뜬눈으로 밤을 새웠으며, 날이 밝았으나 누구도 밖으로 나오지 않았다. 그만큼 노예들은 철저하게 학대받으며 길들여져 있었다.

그런데 해가 중천에 떴어도 종소리는 끝내 들려오지 않았다. 그러다 끝내 호기심을 참지 못한 사람들이 하나둘 문을 열고 나왔다. 그렇게 밖으로 나온 흑인들은 엄청난 광경을 목격했다.

3층 저택은 크고 높아 사방을 압도했다. 그런 대저택이 완전히 불에 타 거의 흔적만 남았다.

그뿐이 아니었다.

온 사방에 시신이 널려 있었다.

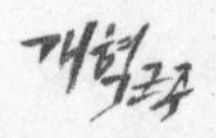

그렇게 널려 있는 시신 중 흑인은 단 한 사람도 없었다. 물론 일부는 부상을 당하기도 했지만, 직접적인 공격을 당한 것은 아니었다.

살아남은 사람들은 무섭고도 놀라운 광경을 목격해야 했다. 불에 탄 저택 앞에 긴 장대가 꽂혀 있었으며, 그 위에 사람의 목이 효수되어 있었다.

그 아래 목판에 글이 적혀 있었다.

Eye for an eye, tooth for a tooth.

'눈에는 눈, 이에는 이.'

무시무시한 복수의 글귀였다.

이런 일이 한 곳에서만 일어나지 않았다. 남부 몇 곳에서 이와 똑같은 형태의 사건이 발생했다.

처음과 다른 부분은 효수된 목이 없다는 것뿐이었다. 소문은 삽시간에 남부를 넘어 미 전역으로 퍼져 나갔다.

미국은 치안이 크게 부실하다. 그러나 남부 대가문 몇 곳의 사람들이 몰살당할 정도로 무법천지까지는 아니었다.

더구나 사건 자체가 충격이었다.

가문 자체를 지워 버렸다. 거기다 목까지 효수한 것도 모자라 복수의 목판까지 내걸린 것이다.

목판의 글이 삽시간에 회자되었다. 사람들은 공포와 두려움에 떨면서도 누가 무엇 때문에 이런 복수를 했는지 궁금해 했다.

그래서 소문은 더 빨리 번져 나갔다.

이 일로 미국 정가는 발칵 뒤집혔다.

의회는 즉각 진상조사단을 파견했다.

조사단은 당연히 효수된 목과 목판의 글에 주목하지 않을 수 없었다. 상당한 병력이 습격하면서 교전이 벌어졌다는 정도는 파악했다.

그러나 더 이상은 오리무중이었다.

누가, 무슨 이유로 이런 일을 벌였는지, 효수된 자가 누구인지 전혀 파악할 수 없었다. 단지, 멸문 가문의 가주가 지독한 인종차별주의자란 정도만을 파악했을 뿐이다.

이 사건으로 한창 시끄러울 즈음.

대한제국공사가 미국 외교를 책임지고 있는 국무장관에게 접견 신청을 했다.

접견 신청 보고를 받는 순간, 존 퀸시 애덤스는 가슴이 덜컥 내려앉았다.

그는 사건의 전말을 대강 짐작하고 있었다. 그러나 전모가 세상에 드러나는 순간 큰 파란이 일어날 거란 사실이 두려웠다.

그래서 전전긍긍하고 있던 차에 대한제국공사가 접견을 신청한 것이다. 그는 고심했으나 접견을 거부할 명분도 용기도 없었다.

"오랜만에 뵙습니다, 장관님."

"어서 오시오, 김조순 공사."

악수를 나눈 두 사람이 소파에 앉았다.

존 퀸시 애덤스가 먼저 입을 열었다.

"좀처럼 국무부를 찾지 않던 한국공사께서 오늘은 어인 일입니까?"

대한제국은 권력의지가 많은 중신들을 대외 공사나 영사에 임명했다. 이 정책은 황제의 의사였으며, 외교사절에 임명되면 본국 정치무대 복귀는 요원했다.

외교사절은 정치권력은 약하지만 명예는 대단히 높다. 더구나 공사는 황제의 전권을 위임받은 고위직이었기에 다투어 외교사절이 되려 했다.

덕분에 대한제국은 별다른 잡음 없이 개혁개방정책에 온 국력을 모을 수 있었다. 더불어 역량이 출중한 중신들이 국위 선양에 큰 일익을 담당하는 효과도 누릴 수가 있었다.

주미공사는 특급 자리가 아니다.

특급은, 유럽에서는 영국, 프랑스, 러시아였다. 중동에서는 오스만이며, 동양에서는 청국과 송으로 대신급이다.

주미공사는 그 아래 차관급으로, 유럽 다른 몇 개 나라와 주일공사 등이다. 주미공사 김조순은 주일공사 조만영과 함께 가진 역량을 최대한 발휘하기를 기대하며 임명되었다.

김조순이 대답했다.

"긴히 드릴 말씀이 있어서 찾아뵈었습니다."

"저에게 할 말이 있다고요?"

"그렇습니다."

김조순이 가져간 서류를 내밀었다.

그 서류를 펼쳐 읽은 존 퀸시 애덤스의 안색이 하얗게 변했다.

그가 급히 변명했다.

"이, 이건 모함입니다. 나는 텍사스 반란군의 수괴(首魁)를 만난 적이 없습니다."

김조순이 고개를 끄덕였다.

"그러시겠지요. 우리도 그럴 거라 짐작은 하고 있습니다."

"그런데 왜 이 문건을 나에게 주는 겁니까?"

"이번 반란군의 괴수는 간악한 자더군요. 그는 처음 텍사스를 독립하겠다는 구실을 내걸고서 동조자를 모았습니다. 그리고 그런 감언이설에 남부 대지주들이 적극적으로 지원을 해 주었고요. 더 문제는 거의 모든 지주가 백인 관리자 수십 명씩을 지원한 일입니다."

존 퀸시 애덤스의 눈이 더없이 커졌다. 그로서는 처음 듣는 말이었기 때문이다.

"뭐라고요? 남부 지주들이 텍사스 반란군에 병력까지 지원했다고요?"

"그렇습니다. 이 서류를 보시지요. 우리가 반군 수뇌들을

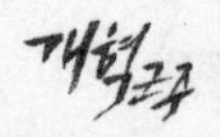

심문해서 얻은 자료입니다."

김조순이 다른 서류를 건넸다.

황급히 그것을 펼쳐 읽은 존 퀸시 애덤스가 크게 소리쳤다.

"아아! 이게 대체 어떻게 된 일이야! 반란군을 지원한 것도 문제인데 병력까지 보냈다니!"

엎친 데 덮친 격이었다.

미국은 처음부터 모든 시민에게 투표권을 주지 않았다. 그 대신 지주나 지식인과 군인 등 일정 자격 요건을 갖춘 자에게만 투표를 허용했다.

제임스 먼로가 1816년 처음 대통령이 되었을 때는 76,592표로 당선되었다. 재선인 1820년에는 그보다 늘어난 87,343표를 득표했다.

이 득표수도 68.16%와 80.61%나 되었다. 이 비율에 따르면 미국은 10만 남짓이 국정을 좌우하고 있었다.

남부 대지주는 이런 기득권 세력의 정점이라고 할 수 있다. 그런 사람 몇 명이 작당해 반란에 자금은 물론 병력까지 지원해 주었다.

김조순이 그 점을 짚었다.

"다른 사람들도 아니고 남부 대지주들입니다. 그런 지주가 한 명도 아니고 여러 명이 반란군을 지원했다는 사실이 너무도 놀랍습니다."

"아!"

존 퀸시 애덤스는 갑자기 말문이 막혔다.

그는 김조순이 자백서를 근거로 자신을 추궁할 것으로만 예상했었다. 그러나 의외로 자신은 빼고 남부 대지주들의 행태만을 비판하고 나왔다.

그런데 그게 더 문제였다.

자신을 추궁한다면 변명을 해서라도 모면하면 된다. 설령 증거가 뚜렷해도 끝까지 거부한 뒤 정치적으로 풀어내려고 했다.

그런데 남부 대지주들은 그럴 수 없었다.

김조순이 다시 나섰다.

“귀국에서 남부 대지주는 본국의 귀족이나 다름없습니다. 그것도 토후에 가까운 고위 귀족이지요. 그런 지주들이 반란군과 결탁했다는 사실을 우리가 어떻게 받아들여야 할까요?”

“……죄송합니다. 미합중국 국무장관으로서 남부 지주들의 일탈에 대해 심심한 사과를 드립니다.”

김조순이 고개를 저었다.

“그건 아니지요. 그들은 전쟁 행위를 자행했습니다. 그런 것을 그저 일탈이라고 덮어 버릴 수는 없지요. 우리 제국은 이번 반란으로 백여 명이 넘은 희생자가 발생했습니다. 재산 피해도 엄청나게 발생했고요. 더구나 반란을 진압하는 데에도 막대한 전비가 소요되었습니다. 이 점을 국무장관께서는 모르지 않겠지요?”

"알고는 있습니다."

"그러면 조치를 해 주어야지요."

"조치라니요. 무엇을 어떻게 해 달라는 말씀입니까?"

"반란자들은 전부 귀국 주민입니다. 거기다 남부 대지주들이 전비를 지원했고 참전까지 했습니다. 이게 뭡니까? 선전포고도 없이 본국을 침략한 행위 아닌가요?"

애덤스의 심장이 덜컥 내려앉았다.

"그, 그……."

"장관님. 잘 생각하셔야 합니다. 상황이 명명백백함에도 본 공사가 가져온 것은 반란군의 자백서와 증거뿐입니다. 이게 무엇을 의미하는지 정녕 모르십니까? 만일 미국이 이 문제에 대해 제대로 된 해결책을 내놓지 않는다면 다음에 제가 가져올 서류는 오직 하나, 선전포고문뿐입니다."

존 퀸시 애덤스의 안색이 창백해졌다. 자칫 잘못했다간 전쟁이 일어나게 생겼기 때문이다.

그가 급히 변명했다.

"급작스러운 일이어서 지금 뭐라고 대답을 드리기 어렵네요. 이 문제는 대통령과 협의를 해야 하니 잠시 시간을 주셨으면 합니다."

김조순이 동의했다.

"좋습니다. 시간을 드리지요. 그러나 그도 며칠임을 잊지 말아 주십시오. 그리고 본국의 황제 폐하께서 크게 실망하셨다는 사실도 잊지 마시기 바랍니다."

"……알겠습니다."

김조순이 당부했다.

"부디 현명한 결정을 내려 주었으면 합니다."

"그렇게 되도록 노력해 보겠습니다."

김조순이 일어났다.

"그럼 본관은 이만 돌아가서 좋은 소식이 오기를 기다리겠습니다."

"조심해 들어가세요."

김조순이 당당하게 돌아갔다.

존 퀸시 애덤스는 김조순이 돌아가고도 한동안 일어나지 못했다. 그러나 결국 한숨을 내쉬고는 마차를 불러 백악관으로 들어갔다.

"……이렇게 되었습니다."

제임스 먼로가 안면을 구겼다.

"한국공사가 그런 경고를 했다고요."

"그렇습니다. 아마도 남부 지주 가문 사건은 한국에서 보낸 병력이 벌인 일로 추측됩니다."

"남부 가문들이 아무리 잘못을 했기로서니, 우리 영토로 군대를 보내 복수를 해요? 한국에게 우리 미국이 얼마나 얕잡아 보였으면……."

존 퀸시 애덤스가 황급히 나섰다.

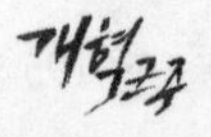

"미스터 프레지던트. 속단은 금물입니다. 한국이 군대를 보냈다는 증거는 어디에도 없습니다."

제임스 먼로가 고개를 저었다.

"각 가문에서 백 명 이상이 죽어 나갔습니다. 그러면서 습격한 자들의 흔적은 어디에도 없고요. 이런 상황을 연출할 수 있는 것은 보통의 군사력으로는 어렵습니다."

"군 경력이 많은 대통령께서 그렇게 보셨다면 맞겠지요. 그런데 불행하게도 피해자는 우리가 아니라 한국입니다."

제임스 먼로가 한숨을 내쉬었다.

"후! 내가 그걸 왜 모르겠습니까? 남부 지주 가문들의 사망자가 무려 수백입니다. 거기다 한국이 군대를 보낸 것이 분명한데도 하소연조차 할 수 없는 입장입니다."

존 퀸시 애덤스가 자책했다.

"제 잘못이 너무 큽니다. 처음부터 프랭크 레이놀즈의 요구를 받아들이는 게 아니었습니다."

"너무 자책하지 마세요. 국무장관께서는 국익을 위해 그에게 도움을 준 것뿐입니다. 그것도 실질적인 도움이 아닌 사람을 소개해 준 것에 불과하고요."

"그렇다고 해도 일이 너무 커져 버렸습니다. 한국도 텍사스에서 큰 피해가 발생했고, 우리는 남부 몇 개 가문이 몰살당했습니다. 거기다 한국공사는 정식으로 배상을 요구하는 상황이고요."

"……한국의 요구를 거부할 수는 없겠지요?"

존 퀸시 애덤스가 고개를 저었다.

"쉽지 않습니다. 더 문제는 한국이 이미 전쟁까지 각오하고 있는 것으로 보입니다. 실제로 병력의 움직임도 포착되었습니다."

제임스 먼로의 눈이 커졌다.

"그게 정말입니까?"

"그렇습니다. 한국은 뉴올리언스에 대규모 함대를 창설했습니다. 여기에 텍사스 반란군을 소탕한 기병여단이 뉴올리언스에, 다른 1개 여단이 미시시피 상류의 요충지인 세인트루이스로 이동 중이고요."

제임스 먼로의 안색이 심각해졌다.

"으음! 미시시피 일대에만 4개 여단이 집결하고 있다는 말이군요."

"그렇습니다. 대통령께서도 아시겠지만, 한국의 정규군은 실전 경험이 많은 병력입니다. 반면 우리 합중국은 정규군이라고 해 봐야 몇천에 지나지 않습니다."

"숫자가 많다고 위축될 필요는 없습니다. 우리도 영국과 전쟁을 경험한 역전의 용사들이오."

"그렇기는 합니다. 그러나 이번에 다시 전쟁이 벌어진다면 우리 합중국은 회복하기 어려운 피해를 입을 수밖에 없습니다. 그리고 더 문제는 영국이 우리 합중국 시민의 귀화를 종용하고 있다는 겁니다. 만일 전쟁이 벌어진다면 엄청난 인구가 북부로 빠져나갈 가능성이 높습니다."

제임스 먼로의 안색이 심각해졌다.

"플로리다로 이주하는 사람도 많아지겠지요."

"그렇습니다. 안타깝지만 지금은 한국과 타협할 때지, 싸울 때가 아닙니다. 어떤 형태로든 한국과 합의를 해야 합니다. 그러고 나서 국력을 모아 플로리다부터 합병을 추진하는 것이 국익에 도움이 됩니다."

제임스 먼로가 고개를 저었다.

"협상도 쉬운 일이 아닙니다. 예산을 집행하려면 의회의 동의를 얻어야 하지 않습니까?"

존 퀸시 애덤스가 의외의 제안을 했다.

"예산을 투입하지 않는 방안도 있습니다. 남부 지주 가문들이 소유한 땅이 엄청납니다. 보유하고 있는 자산도 상당하고요. 저는 이들의 자산을 몰수한 자금으로 한국과 타협한다면 의회에서도 크게 문제를 삼지 않을 것으로 생각합니다."

제임스 먼로가 깜짝 놀랐다.

"남부 지주 가문들의 재산을 몰수한다고요?"

"그렇습니다. 그들은 사욕을 위해 국가를 위기로 몰아간 장본인들입니다. 국기문란 죄목이라면 그들의 자산 몰수가 가능합니다. 그리고 한국에게도 나름대로 물러설 명분을 제공할 수가 있고요."

제임스 먼로가 바로 알아들었다.

"이번 일을 남부 지주 가문들의 일탈로 몰고 가자는 말이군요."

"그렇습니다. 그렇게 해야 수습이 가능합니다. 한국공사가 일부러 선을 그은 것도 우리와의 분쟁을 결코 달가워하지 않기 때문입니다. 그리고 제가 재발 방지를 위한 약속을 천명하겠습니다. 이렇게 하면 한국도 우리도 서로 체면을 구기지 않을 수 있습니다."

"한국이 배상에 만족하지 않으면요?"

"만족하도록 설득시켜야지요. 그리고 남부 지주 가문들의 자산도 상당해서 한국도 크게 불만을 갖지는 않을 겁니다."

제임스 먼로가 고심하다 승낙했다.

존 퀸시 애덤스의 생각대로 되었다.

한국도 배상액의 다소보다는 명분 있는 결과가 더 중요했다. 그런 명분을 미국이 절묘하게 채워 주면서 양국은 서로의 체면을 세워 가며 합의할 수 있었다.

물론 모든 일이 원만하지는 않았다.

남부의 다른 지주들의 반발로 몰수한 토지의 매각에 차질이 발생했다. 그래서 국무장관이 의회에 나가 사정을 설명하고서 예산을 전용해야 했다.

텍사스 반란은 이렇게 끝났다.

이 일은 대한제국과 미국 정가에서 한동안 큰 논란거리가

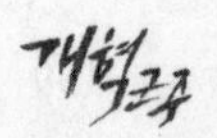

되었다. 양국이 확전을 바라지 않고 있었기에 사후처리는 빠르게 마무리되었다.

그러나 현지 민심은 흉흉했다.

북미 한국 주민들은 미국이 반란을 지원했다는 사실에 분노했다. 그렇다고 나라에서 정리한 사안을 뒤집으려 하지는 않았으나, 언제라도 복수의 칼을 빼 들 각오를 할 정도였다.

미국 남부도 여론이 좋지 않았다.

남부에서는 한국의 요구로 남부 가문들을 희생시켰다는 소문이 돌았다. 대부분이 대지주인 남부 주민들은 자신들이 희생당한 듯 분노했다.

대지주들은 연신 연방정부를 성토했다.

그럼에도 단체 행동까지는 가지 않았다. 멸문 가문이 반군을 지원한 원죄가 있었기 때문이었다.

이렇듯 북미에서는 이번 타결에 대해 누구도 만족하지 않았다. 그로 인해 뉴올리언스 일대가 한동안 긴장감에 휩싸이기도 했다.

❋

이해 가을.

태황제가 붕어했다.

황제의 붕어는 갑작스러웠다. 전날에도 편안히 정무까지

다 본 태황제가 다음 날 자리에서 일어나지를 못했다. 태황제가 위중하다는 급보에 황제는 모든 일을 버려두고 한양으로 내려왔다.

태황제는 황제를 누워서 맞았다. 그런 태황제의 용안은 더없이 편안했으며, 황제와 이런저런 대화를 한동안 나누고는 자는 듯 숨을 거두었다.

"아바마마! 아바마마!"

황제가 대성통곡했다.

천재였으며 개혁군주였던 태황제였다.

황제의 지극한 정성으로 본래보다 21년을 더 산 태황제였다. 그런 태황제를 보내는 황제는 진심으로 안타까워했다.

"상위복(上位復)! 상위복(上位復)! 상위복(上位復)!"

내관이 동쪽 지붕에 올라 북쪽을 향해 울부짖으며 태황제의 혼을 불렀다. 그러나 한 번 떠난 황제의 혼령은 돌아오지 않았다.

급히 국장도감과 빈전도감, 산릉도감이 설치되었다. 태황제는 생전에 부황의 능인 융릉이 있는 화성에 묻히기를 원했다.

그런 태황제의 염원에 따라 장지가 화성으로 정해졌다. 이어서 황실 종친이 도제조가 되어 산릉도감이 화성에 차려졌다.

황제는 태황제의 장례가 거행된 봄까지 한양에서 지내야 했다. 그러는 동안 황제는 국정 사무 일체를 내각에 위임했다.

황제가 국정을 내각에 일임할 정도로 대한제국 내정은 안정되어 있었다. 정약용의 내각은 훌륭히 국정을 수행해 나갔다.

정약용은 철도를 이용해 주기적으로 국정 상황을 황제에게 보고했다.

덕분에 황제는 한양에 있었어도 국정 현안을 챙기는 데 어려움이 없었다.

그리고 봄이 되었다.

황제의 장례가 다가왔다.

대한제국이 건국되고 두 번째 국장이며, 황제의 장례로는 첫 번째였다. 태황제의 장례에 전 세계에서 수많은 조문단을 파견했다.

대륙종단철도를 이용해 유럽의 모든 국가에서 조문단을 보냈다. 새로 건국한 멕시코와 중남미, 남미 각국에서도 빠짐없이 조문단이 참석했다.

남방 국가와 인도의 번왕국 등에서도 조문단을 보냈다. 가장 많은 조문단을 보낸 나라는 청과 송, 그리고 일본이었다. 이들 세 나라는 각각 백여 명의 조문 사절과 함께 각종 조문 예물을 보내왔다.

수십 개 나라의 조문 사절을 접견하는 일은 만만치 않았다. 그럼에도 황제는 나라의 크기와 관계없이 조문 사절을 전부 예로서 맞이했다.

장례 당일.

상여가 창덕궁 돈화문을 나섰을 때였다.

연도에 모인 수많은 백성이 일제히 무릎을 꿇었다. 그런 백성들은 하나같이 통곡을 하며 태황제의 마지막 길을 전송했다.

황제도 그런 백성들과 함께 상여를 잡고 통곡했다. 그 바람에 상여는 한동안 출발 못 하고 돈화문 앞에 머물러 있어야 했다.

잠시 후.

태황제의 상여가 출발했다.

선소리꾼이 종을 치며 상엿소리를 선창했다. 그 소리를 상두꾼들이 복창하면서 상여는 천천히, 그리고 장엄하게 앞으로 나아갔다.

그렇게 역에 도착한 상여는 특별 제작된 객차에 실려 화성으로 이동했다. 그리고 다시 인력으로 상여를 장지로 운구했다.

이날 저녁.

황제가 모처럼 정약용을 비롯한 내각 대신들과 자리를 함께했다. 황제가 대신들을 둘러보며 감회에 젖었다.

"그토록 굳건하셨던 아바마마셨습니다. 그런 분을 내일 영면에 드시게 해야 하다니 마음이 많이 착잡하네요."

정약용이 위로했다.

"너무 상심 마십시오. 내관들에 따르면 승하하시는 태황

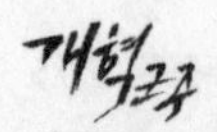

제 폐하께서는 일어나지 못하셨던 그날까지도 행복해하셨다고 합니다. 그리고 너무도 평온하게 승하하셨고요."

국방대신 류성훈도 거들었다.

"폐하, 부모가 백수를 하셔도 자식은 아쉽기 마련이옵니다. 하오나 역대 열성조분들 중에서도 칠순을 넘기셨던 분은 태조황제와 영종황제뿐이셨습니다. 선황제 폐하께서 이번이 칠순이시니 역대 세 번째이시옵니다."

건설대신 유진성도 거들었다.

"성심을 굳건히 하시옵소서. 대한의 모든 신민이 오로지 폐하 한 분만을 바라보고 있사옵니다."

황제가 한숨을 내쉬었다.

"후! 짐이 왜 경들의 걱정을 모르겠습니까. 허나 아바마마를 제대로 모시지 못한 거 같아서 마음이 더없이 무겁기만 합니다."

곳곳에서 황제를 위로하는 말이 나왔다. 그런 대신들의 위로에 황제는 큰 위안이 되었다.

"모두 고맙습니다. 그런데 외국 조문 사절들에 대한 접대는 잘하고 있는 거요?"

외무대신이 몸을 숙였다.

"그 점은 조금도 성려하지 않으셔도 됩니다. 미리부터 철저하게 준비를 했고, 또 영빈관 시설이 좋아서 모두 만족해하고 있습니다."

수상도 거들었다.

"특히 본국의 수세식 화장실과 욕실을 보고 많이들 놀라워했습니다."

황제도 인정했다.

"유럽은 아직까지 목욕 문화가 제대로 정착되기 전이지요. 그래서인지 유럽 외교사절들은 짐을 접견할 때마다 그 말을 빼놓지 않더군요."

"흑사병과 목욕은 전혀 상관이 없다는 것이 알려진 상황입니다. 그럼에도 한 번 굳어진 인식이 쉽게 바뀌지 않는 듯하옵니다."

"시간이 필요한 일이지요. 그보다 공단 견학 신청이 쏟아지고 있다고요."

공업대신이 보고했다.

"외국 사절 대부분이 적게는 몇 명에서 많게는 수십 명을 대동했사옵니다. 이들이 하나같이 견학 신청을 쏟아 내는 바람에 일선 업무가 마비될 지경이옵니다."

"그래도 최대한 정중히 안내를 해 주세요."

"그렇게 조치하고 있사옵니다. 그런데 프랑스 대표와 함께 온 조문 사절 중에 의외의 인물이 있었사옵니다."

"의외의 인물이 누구지요?"

"파리 로트실트 은행(Banque Rothschild)의 주인인 야곱 마이어 폰 로트실트입니다."

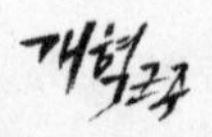

황제가 놀라 눈을 크게 떴다. 생각지도 않은 이름이 거론되었기 때문이다.

“로트실트은행장이면 로트실트 가문의 파리 분가주로군요.”

“그렇사옵니다.”

“흠! 그자도 다른 조문단처럼 우리의 공장을 견학하러 온 것인가요?”

“그렇지 않습니다. 야곱 로트실트는 프랑스 정부의 재가를 받아 프랑스 철도 부설을 논의하러 왔다고 합니다.”

국방대신이 의아해했다.

“아니, 조문 사절 대표도 아닌 일개 사절단의 일원이 그렇게 중요한 임무를 갖고 왔다고요? 혹시 뭔가 차질이 있었던 것은 아닌가요?”

유진성이 고개를 저었다.

“아닙니다. 분명히 그렇게 말했습니다. 그리고 관련 문건을 외무성에도 제출한다고 들었습니다만.”

외무대신이 고개를 저었다.

“아직 보고된 바는 없습니다.”

“그렇다면 장례 이후 제출을 하려는가 봅니다.”

외무대신 이서구도 의문을 제기했다.

“그런데 국방대신의 말씀대로 의외네요.”

황제가 나섰다.

“충분히 가능한 일이에요. 로트실트은행은 프랑스공채도

상당 부분 취급할 정도로 프랑스 정부와의 관계가 돈독한 것으로 알려져 있습니다."

이어서 로트실트 가문에 대해 소개했다.

"……그래서 상무사도 영국 분가와 몇 번의 투자 사업을 함께한 적이 있었지요."

정약용도 동조했다.

"충분히 가능한 일입니다. 지금의 프랑스 국왕은 입헌군주제를 시행하면서 나름대로 선정을 베풀고 있습니다. 덕분에 프랑스는 나폴레옹전쟁 상흔을 급격히 치유하는 중이고요. 이러한 프랑스의 내정 안정에 로트실트은행이 큰 역할을 하고 있다고 들었습니다."

황제가 지시했다.

"외무와 공업성의 실무국장에게 협상을 추진하게 하세요."

이서구가 나섰다.

"프랑스는 유럽 최강국 중 하나입니다. 그런 프랑스와의 협상이라면 제가 나서는 게 좋지 않겠습니까?"

황제가 고개를 저었다.

"협상 대표가 프랑스 정부 인사가 아니에요. 야곱 로트실트는 민간인인데, 그런 자와의 협상에 외상이 나서는 건 격에 맞지 않아요."

이서구가 문제를 제기했다.

"그렇기는 하오나 사안이 너무 큰 것이 걱정이옵니다."

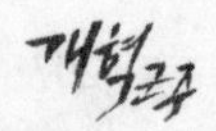

"걱정 말고 실무진을 믿으세요. 여러분도 종두득두(種豆得豆)라는 말을 아실 겁니다."

모든 대신이 고개를 끄덕였다.

철도로 대륙을 넘다

황제가 모두를 둘러봤다.

"여러분은 지금까지 부단히 노력해 주셨습니다. 그 결과 나라도 대국이 되었고 인재도 그에 못지않게 많아졌습니다. 짐과 함께 동문수학했던 백여 명에 가까운 인재들을 보세요. 모두가 동량지재가 되어 나라의 중추로 성장해 가고 있지 않습니까?"

모두의 얼굴에 흐뭇함이 가득했다.

황제의 말이 이어졌다.

"그뿐이 아닙니다. 전국의 대학에서 쏟아져 나오는 인재들은 사회 각 분야에서 제 몫을 톡톡히 해내고 있습니다. 이 모두가 종두득두입니다. 콩 심은 데 콩 나고 팥 심은 데 팥이

나는 겁니다. 그 모두가 여기 계신 여러분들이 밤잠을 못 자면서 국가 발전과 인재 양성에 힘을 쏟은 결과이지요."

대신들의 표정이 흐뭇해졌다.

"그러니 이제 믿으세요. 여러분이 키운 인재를 여러분이 믿지 않으면 누가 믿겠습니까? 그리고 짐은 확신합니다. 우리 인재들은 지금처럼만 성장한다면 한나라의 경영은 물론 천하도 능히 다스릴 수 있다는 것을요."

대신들은 가슴이 뿌듯해졌다.

대신들은 스스로 자부할 만큼 국가 발전에 불철주야 노력해 왔다. 그런 지금까지의 노고가 황제의 격려와 위로에 눈 녹듯 녹아내렸다.

황제가 말을 이었다.

"앞으로 공직자들은 더 전문화되어야 합니다. 그래야 국정을 선도할 수 있고, 어리석은 백성들도 잘 이끌어 줄 수 있습니다."

정약용이 적극 동조했다.

"과거에는 관리가 두루 통달해야 정사를 잘 살필 수 있다고 생각했었습니다. 그래서 1년에도 몇 번씩 자리를 옮기는 바람에 수박 겉핥기처럼 업무를 익힐 수밖에 없었고요. 그렇다 보니 실무에 밝지 않아 아전 비리의 단초가 되고는 했었사옵니다."

외무상도 거들었다.

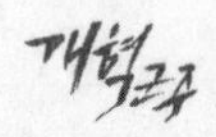

"그랬었습니다. 그러나 지금은 관리들의 전문화가 철저하게 시행되고 있습니다. 국가고시도 행정, 외무, 사법, 세무, 기술로 세분화했으며, 의학도 체계화되어 국가에서 자격을 검증받아야 할 정도로 전문가 전성시대가 되었습니다."

황제가 치하했다.

"그 모두가 수상과 대신들께서 짐을 믿고 개혁에 일로매진해 준 덕분입니다. 시대가 발전하고 과학기술이 진보할수록 필요한 지식은 고도화할 수밖에 없습니다. 그리고 장인들은 지금보다 더 대우를 받을 수 있어야 기술 발전이 지속될 수 있음을 잊지 말아 주세요."

"명심하겠사옵니다."

황제는 인재 양성의 필요성을 역설했다. 그러고는 대신들에게 인재 양성에 필요한 지원제도를 강구하도록 지시했다.

며칠 후.

황제가 장례 절차를 끝내고 귀경했다. 그다음 날, 철도청장 방우정이 야곱 마이어 폰 로트실트와 함께 입궐했다.

"폐하, 프랑스의 로트실트은행장이며 오스트리아의 남작인 야곱 마이어 폰 로트실트가 인사드립니다."

로트실트의 영국 발음은 로스차일드다.

황제가 환대했다.

"어서 오시오, 로트실트 남작. 프랑스에서 먼 이곳까지 조문을 와 주어서 고맙소이다."

"아닙니다. 기차가 있어서 크게 힘들지 않게 올 수 있었습니다."

"베를린에서 기차를 탔겠소?"

"예, 그렇습니다."

"보고를 듣기로 기차 협업을 논의했다고요."

"예. 유익한 협의가 있었습니다."

방우정이 공손히 서류를 바쳤다.

"이번에 양국이 합작으로 프랑스와 철도사업을 시작하기로 했습니다. 아울러 오스트리아헝가리제국과도 이른 시일 내에 동일한 조건으로 협정을 체결하기로 합의했습니다."

서류를 검토하던 황제가 질문했다.

"프랑스가 철도 사업을 먼저 제안할 줄은 몰랐소. 그것도 정부 차원이 아닌 기업이 말이오."

"나폴레옹전쟁에서 패한 프랑스는 국고가 완전히 바닥이 났습니다. 그래서 국가 재건을 위해 많은 액수의 공채를 발행할 수밖에 없었고요. 제가 운영하는 로트실트은행에서 프랑스 국채 발행의 대부분을 대행하고 있습니다. 그러면서 상당 액수도 매입했고요."

"프랑스 정부와의 인연이 깊다는 말이군요."

"그렇사옵니다. 프랑스 정부는 국가 재건과 발전을 위해 철도를 주목했습니다. 그리고 다양한 조사를 한 끝에 철도 부설이 반드시 필요하다는 결론을 내렸고요."

"문제는 재정 부족이었겠네요."

"맞습니다. 프랑스 정부는 본래 공채를 발행해 철도를 부설하려 했습니다. 그래서 우리 은행에 공채 발행을 타진해 왔는데, 제가 나서서 직접투자를 제안하게 된 것입니다."

황제가 상황을 이해했다.

"철도 사업이 돈이 된다는 사실을 남작이 알아본 것이군요."

"솔직히 그렇습니다. 막대한 자본이 투입되겠지만 충분히 승산 있는 투자라고 생각했습니다."

"투입하게 될 금액이 상당할 텐데, 문제가 없겠소?"

"걱정하지 않으셔도 됩니다. 파리 분가의 힘이 부족하면 프랑크푸르트 본가에서 자금을 지원해 주기로 했습니다."

"오스트리아헝가리도 마찬가지이겠군요?"

"그렇습니다."

황제가 서류를 다시 검토했다.

"합작 비율도 적당하군요. 이 정도면 합리적인 협상이라고 봐야겠네요."

"감사합니다, 폐하."

야곱 로트실트가 조심스럽게 말을 꺼냈다.

"폐하, 그리고 한 가지 더 요청을 드릴 사안이 있습니다."

"다른 요청이 있다고요?"

"그렇사옵니다."

"흠! 무엇인지 들어 봅시다."

"귀국 황실 직할 회사의 이름이 상무사로 알고 있습니다. 그 상무사가 바쿠 일대의 유전 개발권을 러시아로부터 획득한 것으로 압니다."

황제가 깜짝 놀랐다.

"아니, 그 사실을 어떻게 남작이 아시오?"

"철도 사업을 조사하다 만난 러시아의 스트로가노프 백작께 들었습니다."

황제가 대번에 이해했다.

"아! 스트로가노프 백작이라면 그 일을 누구보다 잘 알고 있지. 그렇습니다. 짐이 러시아의 차르와 협상을 해서 개발권을 얻었지요."

야곱 로트실크가 격찬을 했다.

"대단하십니다. 유럽에서 원유의 가치를 제대로 아는 사람은 거의 없습니다. 그런데 폐하께서는 그 중요성을 아시고 유전 지대를 선점하셨습니다."

황제가 큰 호기심을 보였다.

"로트실트 남작은 원유의 가치를 잘 알고 있소?"

"저도 솔직히는 잘 모릅니다. 단지 불을 밝히고 찌꺼기인 역청을 의료나 도로를 포장하는 데 사용하는 정도만 알고 있습니다. 그러나 연구를 좀 더 하다 보면 원유는 더 많은 쓰임이 있을 것이 분명합니다."

황제가 놀랐다.

"놀랍군요. 짐은 로트실트 남작이 이런 예상을 할 줄은 몰랐네요."

야곱 로트실트가 눈을 빛냈다.

"그러면 제 예상이 맞은 것입니까?"

황제가 인정했다.

"그렇소. 지금 본국에서는 많은 화학자가 원유 가공 기술을 개발하기 위해 노력하고 있소. 다행히 그 노력이 성과가 좋아 머잖아 다양한 활용방법이 개발될 것이오."

야곱 로트실트가 크게 고개를 끄덕였다.

"역시 그렇군요. 귀국의 기술력이 상당하다는 것은 이미 알고 있었습니다."

"고마운 말이오. 그런데 남작이 바쿠유전을 거론한 까닭은 무엇이오?"

"폐하께서 허락만 해 주신다면 유전 사업에 투자하고 싶습니다."

황제가 침음했다.

"으음! 솔직히 자본 참여는 필요가 없는데……."

야곱 로트실트도 인정했다.

"저도 상무사의 자본력이 대단하다는 점을 잘 압니다. 그러나 사업의 규모가 크면 자본력만으로 모든 일을 할 수는 없지 않겠습니까?"

황제가 눈살을 찌푸렸다.

"합작을 받아 주지 않으면 우리 사업을 방해하겠다는 거요?"

야곱 로트실트가 펄쩍 뛰었다.

"절대 그렇지 않습니다. 다른 회사도 아니고 대한제국 황실이 운영하는 회사를 무슨 수로 방해를 한단 말씀입니까?"

"그런데 왜 그런 말을 한 거요?"

"원유 사업처럼 새로운 시장이 열리는 분야는 선점이 중요합니다. 그러기 위해서는 다양한 인맥이 필요하고요. 우리 가문의 본가는 프랑크푸르트입니다만, 지금은 유럽 주요 국가로 진출해 사업을 하고 있습니다. 그런 우리 가문의 다양한 인맥을 활용한다면 원유 사업이 쉽고 빠르게 자리를 잡지 않겠습니까?"

방우정이 나섰다.

"우리 상무사는 화란양행과 오랫동안 사업을 함께해 오고 있습니다."

"그 점도 저희는 잘 알고 있습니다. 네덜란드에 합작 은행도 설립했고, 북미의 뉴올리언스를 위탁 경영을 시킬 정도로 가깝다는 점을 모르지 않습니다. 그러나 모든 사업을 그들과 함께할 필요는 없지 않겠습니까?"

방우정도 인정했다.

"그렇기는 합니다."

야곱 로트실트가 황제를 바라봤다.

"폐하! 상무사가 거대 기업인 점은 인정합니다. 주요 계열사만 해도 10여 개가 넘더군요. 그러나 사업하는 데 독불장군은 없습니다. 그렇다고 화란양행과 계속 합작하는 것도 문제이고요. 원유 사업은 지금까지 화란양행과 함께해 온 사업과는 결이 전혀 다릅니다."

황제가 쉽게 답을 하지 못했다.

"……."

원유 사업은 장차 어마어마한 사업으로 발전하게 되어 있다. 그런 사업을 위해서는 화란양행보다 로트실트 가문과 손잡는 게 맞다.

야곱 로트실트가 새로운 제안을 했다.

"폐하, 화란양행과의 관계 때문에 결정을 못 하신다면 저희가 그들을 만나 보겠습니다."

황제가 놀라 반문했다.

"그대들이 화란양행을 만난다고?"

"그렇습니다. 이런 일은 저희가 만나서 풀어 가는 것이 좋습니다. 화란양행이 합작에 참여하겠다면 우리 지분을 나눠주겠습니다."

"이거 참. 짐이 합작 결정을 하지도 않았는데 그런 말을 해요?"

야곱 로트실트가 머리를 숙였다.

"송구합니다."

그러고는 당당히 생각을 밝혔다.

"폐하께서는 누구보다 사업을 잘 아시는 분이십니다. 그런 폐하시라면 저희 가문과의 합작을 반대하지 않을 것으로 생각하고 있사옵니다."

"대단한 자신감이오."

"지금 당장은 제 말이 과할 수도 있습니다. 그러나 얼마 가지 않아 우리 가문이 유럽의 금융을 장악하게 될 것입니다. 그때가 되면 유전 사업을 확장하는 데 분명 큰 도움이 될 것입니다."

황제도 그 점은 인정했다.

"흠! 귀 가문이 나폴레옹전쟁을 겪으면서 엄청나게 성장하고 있다는 보고는 받았소이다."

"그러시군요. 맞습니다. 나폴레옹전쟁이 남들에게는 어려운 시기였으나 우리 가문에게는 도약의 기회였습니다."

잠깐 고심하던 황제가 결정했다.

"좋소. 합작 제안을 받아들이겠소. 그러나 합작 비율은 너무 욕심을 내지 않았으면 좋겠소."

"현명한 결정이십니다. 그리고 저희도 큰 욕심을 부리지는 않을 것입니다. 그러나 30% 정도는 넘겨주셨으면 합니다. 지분 인수에 필요한 자금은 전부 현금으로 지급하겠습니다."

생각보다 적은 지분 요구였다. 그러나 황제는 잠시 고심하는 척하며 승인해 주었다.

"……음. 그렇게 합시다. 세부 사항은 상무사와 협의하시고, 그 대신 한 가지 해 줄 것이 있소."

"말씀하십시오. 저희가 할 수 있는 거라면 무엇이든 하겠습니다."

"루마니아를 아시오?"

"물론입니다. 발칸에 있는 지역으로, 지금은 오스만의 영토가 아닙니까?"

"그렇소. 귀 가문이 오스만과도 거래가 있지요?"

"그렇사옵니다. 나폴레옹전쟁 당시에도 상당한 거래가 있었습니다."

"잘되었군요. 그러면 남작이 오스만과 협상해 루마니아 지역의 유전 채굴권을 받아 오시오. 그에 따른 비율은 별도로 정하기로 하고요."

야곱 로트실트의 눈이 더없이 커졌다.

"루마니아에도 유전이 있습니까?"

"그렇소이다. 만일 그대가 오스만과의 협상에 성공한다면 상무사와 그대 가문은 오랫동안 좋은 관계를 유지할 수 있을 거요."

야곱 로트실트가 다짐했다.

“알겠습니다. 어떠한 일이 있더라고 오스만과의 협상을 성공시키겠습니다.”

“잘해 보시오. 그리고 짐이 유럽의 예술품을 대량으로 수집한다는 소문을 들었을 거요.”

“물론입니다.”

“그 일을 귀 가문이 도움을 주실 수 있겠소? 만일 그렇게 해 준다면 수수료는 넉넉히 지급하겠소이다.”

야곱 로트실트가 두말하지 않았다.

“알겠습니다. 본가는 물론 유럽 각지의 분가가 적극 나서도록 협조를 요청하겠습니다.”

황제는 야곱 로트실트와 유럽 경제에 대해 많은 대화를 나눴다.

금융업이 주력인 가문 출신답게 야곱 로트실트는 누구보다 정확하게 유럽 현실을 진단하고 있었다. 덕분에 황제는 생생한 유럽 상황을 접할 수 있었다.

야곱 로트실트는 한동안 황도에 머무르며 상무사와 긴밀한 협의를 했다. 황제는 그런 그를 수시로 황성으로 불러 유럽의 사정에 대해 많은 대화를 나누었다.

❋

이해 봄.

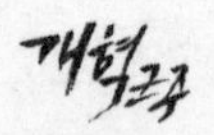

황제가 교육에 대한 윤음을 반포했다.

지금까지는 초등 과정만 의무교육을 시행했다. 그러다 이 해부터 중등 과정까지로 확대되었다.

대학 설립 요건도 대폭 완화했다.

황제는 사립대학이 정쟁과 치부의 수단이 되는 것을 철저하게 경계했다. 개혁 초기 사립대학을 설립할 수 있는 주체는 서원이 전부였기 때문이다.

그러나 이제는 달라졌다.

경제가 발전하면서 민간 자본이 대폭 성장했다. 그와 함께 거대 자본을 갖춘 회사들이 속속 모습을 드러냈다.

서원이 철폐되면서 벽파가 몰락했다.

공직자의 정치 행위가 금지되면서 파당 행위도 거의 사라졌다. 특히 군이 정치와 완전히 분리되면서 정치적 불안도 거의 찾아볼 수 없게 되었다.

이런 기반이 구축되면서 사학 재단에 대한 설립 요건을 크게 완화할 수 있었다. 그래서 일정 요건만 갖추면 누구나 대학을 설립할 수 있게 되었다.

그러나 제한도 분명하게 했다.

사학 운영을 기부금과 재단전입금으로 충당하게 했다. 특히 부의 변칙 증여와 대물림을 원천적으로 차단하는 제도적 장치도 마련했다.

그리고 몇 개월이 지났다.

황제가 문교대신의 보고를 받으며 놀랐다.
“사학 재단 설립 신청이 이렇게나 많습니까?”
“저희도 신청자가 너무 많아 놀랍게 생각하고 있습니다.”
“으음! 제한 규정이 많아 신청자가 적을 줄 알았는데 의외네요.”
“저희 문교성은 고무적인 현상으로 보고 있습니다. 사학 재단 신청이 많다는 사실은 그만큼 유력 자본가가 많아졌다는 것을 의미합니다. 그것은 곧 지금까지 추진해 온 개혁 정책이 제대로 시행되고 있다는 방증이기도 하고요.”
황제도 동의했다.
“그건 맞습니다. 치부나 변칙 증여의 수단이 아닌 진정한 인재 육성을 위한 것이라면 무조건 환영할 일이기는 하지요.”
“서양에서는 명문 사립대학이 인재의 요람입니다. 우리도 제대로 된 사학 재단으로 성장할 수 있도록 다양한 지원을 모색해 보겠습니다.”
“그렇게 하세요. 그리고 지원만이 능사가 아닙니다. 철저한 감사를 통해 부실 재단은 과감하게 정리해야 합니다. 그래야 학생들의 피해를 최소화할 수 있으며 예산도 낭비하지 않습니다.”
“명심하겠사옵니다.”
정부의 육성 정책에 힘입어 이해에만 100여 개의 사학 재단이 생겨났다. 사학 재단의 상당수가 대학을 설립했으나,

중고등학교 재단이 더 많았다.

대한제국은 개혁과 함께 위생교육과 각종 의료 개선 작업을 벌여 왔다. 그러면서 인구 확대 정책을 지속적으로 펼쳐 오고 있었다.

그 결과 25년이 되어 가는 지금 인구가 비약적으로 늘어나고 있었다. 인구 증가는 대한제국이 지속적으로 추진하는 정책이다.

그러나 예상외의 증가세로 교육 시설이 인구를 따라가지 못하는 상황이 발생하고 있었다. 이러한 시기 사학 재단이 대거 생겨나면서 대한제국 교육에 일대 전환점이 마련되었다.

의무교육이 확대되면서 교육과정도 달라졌다. 황제가 그 부분을 짚었다.

"군사교육 과정이 확대되었는데, 그 부분은 문제가 없나요?"

"전혀 문제가 없지는 않습니다. 그러나 국민적 일체감을 조성하기 위해 군사교육만큼 좋은 방법이 없어서 무시하고 추진하는 중입니다."

"잘하고 있네요. 북벌과 일본 공략에 성공하고, 유럽 이주민을 받아들이면서 우리 대한제국은 이제 다민족국가가 되었습니다. 그런 우리에게 국민적인 일체감을 갖게 하는 사업은 국책 과제나 다름없습니다. 그래서 우리말 교육도 더 철저하게 시행해야 하고 아울러 각종 군사교육을 통해 애국심도 적극 고취해야 합니다."

"옳은 말씀입니다. 저희가 분석한 바로도 군사교육 효과는 지대합니다. 학생 시절부터 군사교육을 받은 사람과 그렇지 않은 사람은 애국심에 대한 생각 자체가 달랐습니다. 더구나 우리와 생활환경이 달랐던 유럽 이주자들은 군사교육 효과가 더 크게 나타나고 있습니다."

"뉴올리언스총독부에서 보내온 보고서에 그런 내용이 나와 있더군요."

"예. 그래서 유럽 이주민이 정착을 한 뒤에도 지속적으로 군사교육을 시행하고 있습니다."

황제가 치하했다.

"잘하고 있습니다. 이주민들에게 지속적으로 군사교육을 시행하는 정책은 아주 좋습니다. 북미는 넓어서 그런 시기가 아니면 다른 지역 주민들을 만나기가 쉽지 않아요. 그러니 주민 의식도 함양시키고, 민병대 조직을 점검하기 위해서라도 군사교육은 반드시 필요합니다."

"앞으로도 차질 없이 진행하겠습니다."

"예, 잘 부탁합니다."

교육대신이 인사를 하고 물러갔다.

대부분의 정무를 내각에 위임했으나, 황제는 군정과 외교만큼은 직접 챙겼다. 나라가 발전하고 인구가 늘어나고 영토가 거대해지면서 하루에도 수십 건의 보고서가 올라왔다.

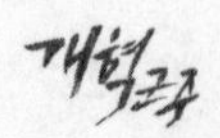

황제는 특별한 일이 아니면 대부분의 업무를 오전에 처리했다. 그런 뒤 오후에는 접견을 신청한 대신들을 만나거나 신기술을 개발하는 현장을 수시로 방문했다.

이렇듯 황제의 일정은 늘 바쁘게 돌아갔다.

그러던 가을.

황제가 수상과 대신들을 불렀다.

"내년 봄에 순행을 하려고 합니다."

수상이 반색을 했다.

"아주 좋은 생각이십니다. 이제 나라도 안정되어서 폐하께서 순행을 하시는 데에는 전혀 문제가 되지 않습니다."

"고마운 말이네요. 그런데 이번 순행에 북미 지역도 둘러보려고 합니다."

정약용이 주춤했다.

"폐하, 본토를 둘러보시는 데에도 몇 개월이 걸립니다. 그런데 북미 지역까지 둘러보시려면 적어도 반년 이상의 시간이 필요하옵니다."

황제가 고개를 끄덕였다.

"당연히 상당한 기간이 필요하겠지요. 그래도 짐은 걱정이 되지 않네요."

황제가 수상과 대신들을 둘러봤다.

"짐은 여러분을 믿습니다. 여러분이 이처럼 든든하게 국정을 수행하고 있기 때문에 짐이 순행을 다녀오려는 겁니다."

정약용이 몸을 숙였다.

"신 등을 믿어 주셔서 황감하옵니다. 하오나 북미 지역은 아직 완전히 안정이 되지 않아서 솔직히 걱정이 되옵니다."

황제가 고개를 저었다.

"순행은 나라가 안정되었다는 사실을 세상에 공표하는 행위입니다. 이번에 짐이 둘러보면 북미 지역 안정에 큰 도움이 될 것입니다. 그러니 너무 걱정하지 마세요."

황제의 의지가 확고했다. 그것을 확인한 정약용이 굳은 표정으로 고개를 숙였다.

"알겠습니다. 관련 부서와 협의해 폐하의 순행 일정을 계획해 보겠습니다."

"그렇게 하세요. 그리고 기왕이면 해외 영토도 둘러볼 수 있도록 해 주세요. 호주와 싱가포르는 멀어서 곤란하지만 상해는 꼭 가 보고 싶군요."

정약용의 표정이 더 어두워졌다.

"……그 일정도 협의를 해 보겠사옵니다."

황제가 크게 웃었다.

"하하하! 수상, 너무 걱정하지 마세요. 짐은 우리 내각을 믿는 만큼 우리 군도 믿습니다."

"신도 당연히 군을 믿사옵니다. 하오나……."

황제가 제지했다.

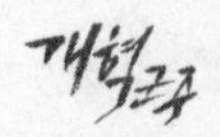

"그만하세요. 수상께서 우려하시는 바는 짐도 충분히 알고 있습니다. 그러니 군에 일러 순행 준비를 보다 더 철저히 하라 이르겠습니다."

"……알겠습니다. 그러나 이번 순행만큼은 신이 처음부터 철저하게 챙기겠습니다."

"그렇게 하세요. 그리고 이번 순행은 북미부터 둘러보려고 합니다."

정약용이 놀랐다.

"북미를 먼저 둘러보시겠다고요?"

"그래요. 북미를 얻은 지 벌써 20여 년입니다. 그동안 황실에서 누구도 찾아보지 못한 게 못내 마음에 걸렸습니다. 그래서 이번에 북미를 먼저 방문해 주민들의 사기를 올려 주려고 합니다."

"좋은 생각이십니다. 허면 배로 태평양을 건너실 것이옵니까?"

황제가 고개를 저었다.

"아닙니다. 갈 때는 이번에 완공된 국토종단노선을 이용할 겁니다."

황제는 대륙종단철도를 부설할 당시부터 국토종단노선을 계획하고 있었다. 그 결과 시베리아 동쪽 노선은 대륙종단철도를 건설하면서 이미 완공되어 있었다.

그러나 북미 지역 노선은 알래스카 방면의 노선이 개설되지 않았다. 그러던 것이 이번에 캘리포니아에서 알래스카노선이 완성을 본 것이다.

정약용도 짐작하고 있었다.

"배보다는 철도를 이용하는 편이 훨씬 안전하니 신도 찬성입니다. 하오시면 4월 이후로 일정을 잡도록 하겠습니다."

"3월이어도 충분하지 않을까요?"

정약용이 단호하게 고개를 저었다.

"안됩니다. 3월은 베링해협에 유빙이 떠다녀서 위험합니다. 폐하의 안전을 위해서 출발 일자는 4월 이후가 좋습니다."

황제가 한발 물러섰다.

"알겠습니다. 그 부분은 수상의 말씀에 따르겠습니다."

"황감하옵니다. 돌아오시는 일정은 어떻게 하면 좋겠습니까?"

"하와이를 들렀다 마리아나제도로 내려가 보려 합니다. 그런 뒤 유구와 대만을 거쳐 상해를 둘러볼 것이고요. 이어서 구주를 거쳐 부산에 입항해 본토를 거쳐 대륙을 둘러보도록 하지요."

정약용이 크게 우려했다.

"폐하, 구주는 아직 위험하지 않겠사옵니까?"

황제가 고개를 저었다.

"그래도 짐이 둘러보는 게 좋아요."

정약용이 한숨을 내쉬었다.

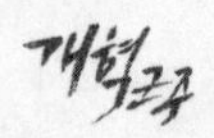

"후! 폐하께서 구주를 둘러보시려는 이유를 알기에 만류를 하지 못하겠사옵니다. 그런데 말씀하신 대로 해양 영토를 두루 둘러보시려면 반년도 모자라겠사옵니다."

황제가 크게 웃었다.

"하하하! 나라의 강역이 넓어서 그런 것이니 방법이 없지요. 그리고 이번 순행은 우리 제국의 위상을 대내외에 알리는 아주 좋은 기회입니다. 그러니 좀 더 거창하고 화려하게 진행할 필요가 있어요."

국방대신 류성훈이 즉각 동조했다.

"폐하의 말씀대로입니다. 이번 폐하의 순행은 우리 대한제국의 위상에 걸맞게 시행할 필요가 있사옵니다. 청나라 전성 시절 강희황제와 건륭황제는 몇 번의 순행을 하며 황실 위엄을 천하에 알렸습니다. 그런 황제의 순행 덕분에 청나라의 민심은 더욱 안정이 되었사옵니다."

황제도 동조했다.

"국방대신이 정확한 지적을 했네요. 강희, 건륭 두 황제의 순행으로 청나라의 민심은 크게 안정되면서 인구가 폭증했었지요. 지금의 우리 대한제국도 인구가 폭증하는 시기에 접어들었습니다. 그만큼 나라도 안정되고 정부 정책도 제대로 시행되고 있다는 의미지요."

공업대신이 거들었다.

"지금의 우리 대한제국은 청나라 강건성세(康乾盛世) 시절

보다 훨씬 더 안정되었사옵니다. 아울러 폐하께서 주도하신 개혁 덕분에 나라는 하루가 다르게 발전하고 있사옵니다. 지금 시기에 폐하께서 순행을 하시면서 신민들을 위무해 주신다면 국론 통일과 주민 화합에 큰 도움이 될 것입니다."

이 말에 모두가 다투어 찬성했다. 황제도 대신들의 말을 들으며 더없이 흡족했다.

황제의 순행이 내각의 열렬한 지지를 받으며 결정되었다. 정약용의 주도로 황제의 순행 준비는 겨우내 진행되었다.

❁

이듬해 4월

황제의 순행이 시작되었다.

"와!"

"만세!"

"황제 폐하 만세!"

황제는 순행을 떠나기 전 요양부터 둘러봤다. 이틀에 걸친 황제의 순시를 요양시민들은 열렬히 환영했다.

요양이 황도가 된 지 15년 만에 인구가 무려 50여 만에 가깝게 늘어났다. 이는 연경과 에도가 성세였던 시절 100만에는 미치지 못한다.

그러나 불과 15년 만에 이룩한 성과치고는 대단한 숫자였다.

대한제국은 아직까지 장성 너머로의 한족 이주를 금지하고 있었다. 그럼에도 요동과 요서에 거주하던 한족 상인들이 요양으로 대거 모여들었다. 여기에 본토에서도 많은 상인이 올라와 자리를 잡으면서, 요양은 제국 최고의 상권으로 확실하게 자리를 잡았다.

대한제국은 한족의 한어 사용을 철저하게 금지했다. 그리고 우리말을 읽고 쓰지 못하면 아예 요양에 자리를 잡지 못하게 했다.

이러한 정책 때문에 한족들은 우리 말과 글을 철저하게 배우고 익혔다. 이렇듯 철저하고 지속적인 교육은 한족들의 머릿속에 대한제국 사람이란 인식이 확실히 자리 잡게 만들어 갔다.

그래서 한족도 황제의 순시에 진심을 담아 열렬히 환영했다. 이런 한족들은 복식까지 바뀐 탓인지 조금의 위화감도 들지 않았다.

요양을 둘러본 황제가 기차에 올랐다. 주민들의 열렬한 환송을 받으며 드디어 본격적인 순행이 시작되었다.

북미 순행

요양을 출발한 기차는 가장 먼저 심양과 하얼빈을 들렀다. 심양은 청국의 배도여서 이전부터 상당히 큰 도시였고, 하얼빈은 철도가 부설되면서 새롭게 조성된 신도시다.

두 도시를 순행한 황제는 하얼빈에서 연해주로 넘어갔다. 그리고 동명과 몇 개 도시를 둘러보고는 다시 하얼빈으로 돌아와 북상했다.

황제의 순행열차는 각 지역에 주둔해 있던 기병여단이 차례로 호위했다. 기병여단의 호위를 받으며 북상한 순행열차가 흑룡강을 건넜다.

거기서 새로운 기병여단의 호위를 받으며 카자크 자치 지역에 도착했다. 황제의 열차가 도착하자 카자크의 모든 주민이 열렬히 환영했다.

황제에게 충성을 맹세했던 카자크는 북벌에서 큰 공을 세웠다. 그런 카자크에게 황제는 약속대로 자치 지역 지정과 상설 장시를 열어 주었다.

청국 포로들을 동원해 카자크 부족의 건물도 전면 개량해 주었다. 여기에다 시베리아 부족과의 거래를 중개할 수 있는 권한도 부여해 주었다.

덕분에 카자크 부족은 이전과는 달리 윤택하게 살 수 있게 되었다. 물론 그러기 위해 시베리아 동부 지역을 경비하는 업무를 전담하게 되었지만, 이는 그들에게 아무 문제도 되지 않았다.

"어서 오십시오, 폐하."

카자크의 지도자 아타만이 능숙한 우리말로 황제를 환영했다.

황제가 크게 웃었다.

"하하하! 아타만의 우리말이 이제는 아주 능숙하군요."

아타만이 싱긋이 웃었다.

"해마다 폐하를 알현하기 위해서라도 열심히 배우고 익히는 중입니다."

"고마운 말이네요. 부족민들도 열심히 우리말을 배우고 익힌다는 보고를 늘 듣고 있습니다."

"당연히 그래야지요. 우리 부족이 이렇게 편하게 잘 살 수 있는 것은 오로지 폐하의 황은 덕분입니다. 그런 폐하의 은혜에 보답하기 위해서라도 우리 부족은 누구보다 열심히 살고 있습니다."

황제가 흡족한 미소를 지었다.

아타만이 부족 대표들을 소개했고, 황제는 대부분 낯익은 그들과 반갑게 인사를 나누었다.

이어서 황제는 아타만의 안내로 카자크 부족을 둘러봤다. 카자크 부족은 10여 개의 마을에 나눠 살고 있었다.

황제는 마을을 둘러보며 큰 감명을 받았다. 모든 마을에는 우리말 학교가 들어서 있으며, 주민들 대부분이 우리말에 능숙했다. 황제는 이런 카자크들에게 푸짐한 선물을 하사했다.

이어서 황제는 놀라운 파격을 시행했다.

카자크 부족에게 황제의 열차를 호위하게 한 것이다. 물론 기병여단의 호위도 함께 받았지만, 이런 황제의 결정에 카자크들은 격렬하게 환영했다.

본래는 카자크의 호위를 시베리아 중간까지 받으려 했다. 그러나 카자크들은 황제의 믿음에 보답하기 위해 시베리아 끝까지 호위를 자처했다.

황제는 이들을 위해 야간에는 기차를 정차시켜 카자크들을 휴식하게 했다. 그 대신 낮의 이동속도를 높이며 이동해 목적지에 도착했다.

"폐하! 시베리아 동쪽 끝 소도(蘇塗)에 도착했사옵니다."

황제가 열차에서 내렸다.

황제가 내린 역 주변으로 수많은 솟대가 서 있었다. 4월 중순이었으나 시베리아는 날씨가 영하여서 솟대마다 하얗게 눈이 쌓여 있었다.

소도는 삼한(三韓) 시절, 천신(天神)에게 제사를 지내던 성지(聖地)다. 삼한 시절 소도에 신단(神壇)을 설치하고, 방울과 북을 단 나무를 세워 하늘에 제사를 올렸다.

황제가 솟대를 둘러봤다.

황제의 순행에 몇 명의 대신들이 교대로 동행하고 있었다. 그런 대신 중 국방대신 류성훈이 질문했다.

"폐하! 이곳 지명을 소도로 정하신 것이 폐하라는 말을 들었습니다. 혹시 그렇게 이름을 정하신 연유가 있으신지요."

황제가 대답했다.

"짐은 우리 대한제국이 천하제일 대국이 되기를 바랍니다. 그런 바람을 이곳을 이용하는 사람들이 늘 기원해 주기를 바라는 의미로 정했지요."

"소도가 제국의 바람을 기원하는 성지라는 말씀이군요."

"그렇지요. 대륙의 동쪽 끝이어서 더 의미가 있을 거 같아 그렇게 정했습니다. 그런 소도는 또 다른 시작의 출발점이기도 하잖아요."

"맞습니다. 해협을 건너면 북미가 시작됩니다."

황제가 솟대를 가리켰다.

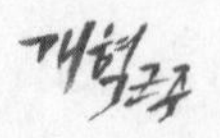

"저 솟대는 희망을 기원합니다. 농부는 풍년을 기원하고, 상인들은 부를 기원하며, 아낙은 다산을 기원하지요. 그렇듯 솟대가 이곳에 서 있는 한 우리 대한도 영원할 것입니다."

"혹시 맞은편의 항구 이름은 무엇인지요?"

"희망이라고 지었습니다."

"두 항구의 이름이 잘 어울리는군요."

대화를 나누는 황제 앞으로 몇 명이 다가왔다. 공업대신 유진성이 그들을 소개했다.

"폐하! 소도의 항만을 관리하는 직원들입니다."

황제가 그들과 일일이 악수를 나눴다.

황제가 항만관리소장에게 질문했다.

"어떤 방식으로 진행이 되지요?"

"역에 도착한 열차는 곧 철로를 따라 항만 끝까지 이동합니다. 항만의 끝에는 보시는 바와 같이 철로가 깔린 부선(艀船)이 연결되어 있습니다. 그래서 열차가 부선까지 이동해 들어가면 관리 직원들이 열차를 고정합니다."

그의 설명대로 열차가 천천히 이동했다. 그렇게 이동한 열차는 부선에서 정지했다.

황제가 질문했다.

"열차가 부선의 철로를 이탈하는 경우는 없소?"

관리소장이 고개를 저었다.

"관리소의 지시만 따른다면 문제는 없습니다."

"철로를 넘어갈 수도 있지 않은가요?"

"그런 일은 더더욱 없습니다. 부선 철로의 끝이 굽어 있으며 그걸 다시 거대한 철 구조물이 지지하고 있습니다. 열차가 아무리 속도를 내고 돌진한다고 해도 그 구조물까지 넘을 수는 없습니다."

"그렇다면 안심이구나."

항만관리소 직원들은 열차 바퀴를 일일이 철로에 부착된 고리에 연결했다. 고정된 열차 바퀴는 다시 철 구조물로 지지하였으며, 각 차체도 바지선의 걸쇠에 단단히 결박했다.

열차를 결박한 직원이 신호를 보냈다. 그것을 확인한 관리소장이 고개를 숙였다.

"폐하! 해협을 건널 모든 준비가 끝났습니다."

"베링해협이 80여 킬로미터라는 말을 들었소. 그 거리를 건너는 데 얼마나 걸리지요?"

항만관리소장이 손으로 전방의 배를 가리켰다.

"저 2척의 기범선이 부선을 12~13노트로 예인하옵니다. 그래서 바다 사정을 감안해도 4시간 정도면 건너편 희망에 도착할 수 있사옵니다."

"해류를 감안한 시간인가 보구려."

"그렇사옵니다. 베링해협은 유속이 상당하고 거칩니다. 그런 바다를 가로질러야 하는 상황도 감안해야 합니다."

공업대신 유진성이 걱정했다.

"유속이 거세고 거칠다면 열차를 수송하는 데 문제는 없겠소?"

"미리 알고 있어서 문제없습니다. 저희가 지난해부터 100여 차례 시험 항해를 해 왔습니다. 그러는 동안 문제가 되는 부분은 철저히 손을 봤고요. 덕분에 지난 이십여 차례의 시험 항해에서는 단 한 차례의 위기 상황도 없었습니다."

"그래도 폐하를 모시는 일이니만큼 배전의 노력을 기울여야 할 것이오."

"걱정 마십시오. 과거처럼 범선이었다면 추진력에 문제가 생길 수도 있습니다. 허나 지금은 기범선의 증기기관으로 예인을 하고 있어서 힘도 좋지만 안정성도 탁월합니다."

황제가 한마디 했다.

"유 대신도 짐처럼 믿고 타도록 해요. 이 모든 설비가 공업성과 건설성의 합작품이잖아요."

유진성이 얼굴을 붉혔다.

"저도 기술력을 믿지 못하는 건 아닙니다. 그런데 폐하를 모시게 되니 공연히 더 신경이 쓰입니다."

"믿어요. 사람도 기술도 마찬가지로, 짐은 믿지 못하면 아예 시도조차 하지 않아요. 그러나 믿으면 전적으로 모든 것을 맡겨 왔지요. 그러니 유 대신도 짐처럼 무조건 이 사람들을 믿도록 해요."

"알겠습니다."

황제의 말을 들은 항만관리소 직원들이 눈을 빛냈다. 그런 사람들의 눈은 한결같이 결의로 가득 차 있었다.

"흠! 가자."

황제가 걸음을 옮겼다.

항만관리소장이 소리쳤다.

"폐하께서 승선하신다! 모든 직원은 한 치의 소홀함 없이 폐하를 모시도록 하라!"

"예, 알겠습니다."

항만관리소 직원들의 움직임이 빨라졌다. 그런 그들의 영접을 받으며 황제가 부선을 가로질러 전용 열차에 올랐다.

객차 안은 난방이 되어 후끈했다.

황제가 입고 있던 방한복을 벗어서 내관에게 건넸다. 황제가 자리에 앉고 얼마 지나지 않아 기적이 울렸다.

빵!

항만관리소장이 설명했다.

"폐하! 부선이 움직이면 잠깐 흔들림이 있을 것이옵니다."

"알았네."

항만관리소장의 설명대로 잠깐의 흔들림과 함께 부선이 이동했다. 황제는 그런 느낌을 온몸으로 받으면서도 태연했다.

그러나 내심은 달랐다. 아무리 기술진을 믿는다고 해도 처음 경험하는 일이기에 절로 긴장이 되었다.

이런 황제의 내심을 아는지, 부선을 예인하는 기범선은 부

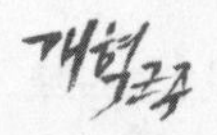

드럽게 움직이며 울렁임을 최소화했다.

부선이 항만을 완전히 벗어나면서 기범선이 속도를 높였다. 황제가 한동안 기범선과 부선을 둘러보다 문제를 지적했다.

"기범선 예인은 나중에라도 문제가 발생할 소지가 있을 거 같아. 짐의 생각으로는 부선을 좀 더 키워서 자체 동력을 갖추는 게 좋을 거 같은데, 관리소장은 어떻게 생각해요?"

"저희도 그 문제에 대해 심도 있게 연구를 했었습니다. 그런데 베링해협의 상황으로는 예인을 하는 게 좋다는 결론에 도달했습니다. 그 대신 예인하는 데 문제가 있을 것에 대비해 부선의 부력(浮力)을 최대한 확보했사옵니다. 대형 유빙과 충돌해도 부선이 뒤집히지 않을 정도로요."

황제가 고개를 끄덕였다.

"기술자들이 그렇게 결정을 내렸다면 그게 최선이겠지."

류성훈이 질문했다.

"이 해협에는 유빙이 많이 흐른다고 하던데, 위험한 경우는 없었소?"

"유빙은 바다가 녹기 시작하는 삼월에 가장 많습니다. 사월도 가끔 큰 유빙이 보이기는 하지만 미리 관측이 가능해 지금까지 충돌이 발생한 적은 없었습니다."

설명을 듣는 동안 부선이 해협의 중앙으로 유유히 항해했다. 그러던 어느 순간 섬이 시야에 들어왔다.

항만관리소장이 설명했다.

"저기 있는 두 섬이 디오미드 제도입니다."

황제가 큰 관심을 보였다.

"섬의 규모가 상당하군요."

"예, 그렇습니다. 두 섬 모두 원주민들이 거주하고 있는 유인도이며, 큰 섬이 몇 배로 큽니다. 그리고 만일에 대비해 두 섬에 각각 구난 시설을 갖춰 놓았습니다."

"잘했어요. 국토종단노선이 활성화되면 두 섬은 중요도가 더 커질 터이니 잘 관리하세요."

국방대신 류성훈이 나섰다.

"그렇지 않아도 해안경비대를 주둔시키려고 곧 기지 건설을 시작할 예정입니다."

"거친 바다를 접하고 사는 사람들입니다. 해안경비대가 주둔하면 원주민들의 생필품도 무상 지급할 수 있도록 조치하세요."

"그렇게 하겠습니다."

항만관리소장의 예상대로 부선은 4시간 만에 해협을 건넜다. 희망에는 황제를 호위하기 위한 북미군단의 기병여단이 대기하고 있었다.

"충! 어서 오십시오, 폐하."

황제가 대기하던 지휘관을 반갑게 맞았다.

"아니, 이게 누구야. 홍경래 장군이잖아."

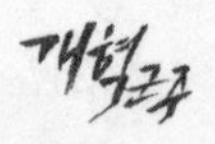

홍경래는 반란군 토벌이 끝나고 바로 장성으로 승진했다.

"예, 폐하! 소장 홍경래가 폐하께 오랜만에 문후 여쭈옵니다."

"짐이야 보다시피 잘 지내고 있지. 그런데 어떻게 된 거야? 홍 장군이 여기까지 올라오다니."

"폐하께서 오신다는 기별을 받고 소장이 자청해서 기다리고 있었사옵니다."

"하하하! 그래?"

"폐하의 북미 순행을 소장이 직접 모시고 싶었사옵니다. 그래서 염치 불고하고 군단장님께 요청을 드렸는데, 다행히 군단장님이 소장의 요청을 들어주셨습니다."

"그렇구나. 짐도 홍 장군을 만나서 반갑다."

"황감하옵니다. 하온데 해협을 건너는 데 어려움은 없으셨는지요."

"조금도, 조금도 불편하지 않았다. 짐이 직접 경험해 보니 이제부터는 본격적으로 철도를 운영해도 문제가 없을 거 같구나."

홍경래가 크게 기뻐했다.

"다행입니다. 국토종단노선이 개통되면 북미는 이제 본토와 접한 격이 됩니다. 그렇게 되면 북미 개척은 더한층 탄력을 받을 것이옵니다."

"짐도 기대가 많다."

이어서 홍경래가 황제와 동행한 대신들과 간단히 인사를

나누었다. 이러는 동안 황제의 열차는 부선에서 이동해 정식 철도에 올려졌다.

홍경래가 소리쳤다.

"폐하의 전용 열차를 호위하라!"

그의 지시가 떨어지자 기병여단 병력이 급히 다가왔다. 그렇게 다가온 병력은 본토에서와 달리 열차 지붕에 모래주머니로 은폐물을 만들었다.

황제가 그 모습을 보고 놀랐다.

"지붕까지 병력을 배치하는 거야?"

"철도 부설을 싫어하는 원주민들이 더러 있습니다. 그런 원주민들이 문제를 일으킬 것에 대비해 병력을 배치하고 있습니다."

황제의 용안이 굳어졌다.

"원주민들이 철도를 습격했다는 보고는 받지 않았는데."

"지금까지는 없습니다. 원주민과 충돌이 크게 일어난 경우도 없고요. 그러나 미국은 원주민과의 충돌이 상당한 것으로 알고 있습니다. 특히 스페인 영토인 플로리다를 미국이 공략하면서 현지 원주민들의 강력한 저항을 받고 있습니다. 그래서 그 여파가 미시시피를 넘을 것을 우려해 병력을 객차 위로도 배치하는 것입니다."

"음! 그렇구나."

"오르시옵소서. 병력 배치가 끝나면 바로 출발할 것이옵

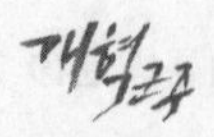

니다.”

“그렇게 하자.”

황제와 일행이 객차에 올랐다. 이어서 홍경래가 몇 명의 지휘부와 함께 객차에 동승했다.

잠시 후.

열차가 출발했다.

국토종단철도 노선 중 알래스카 노선은 시베리아 지역보다 난공사 구간이 많았다. 그 바람에 비슷한 시기 공사를 했음에도 몇 년의 시간이 더 걸렸다.

그만큼 알래스카는 지형도 험할뿐더러 지질이 좋지 않은 곳이 많았다. 이런 노선을 청국 포로를 대거 투입해서 몇 년의 노력 끝에 완공할 수 있었다.

황제는 알래스카철도가 부설되면서 만들어진 도시 두 곳을 차례로 들렀다. 도시에는 아직도 많은 청군 포로들과 철도공사 관계자들이 상당수 머무르고 있었다.

이전이었다면 청군 포로들은 평상시에도 발목에 족쇄를 채워 이동을 제한시켰다. 그러나 지금은 그런 제한은 없어졌으나 복장만큼은 확실하게 구분해 놓았다.

황제가 청군 포로들을 보며 질문했다.

“저렇게 풀어놓아도 문제가 없나?”

홍경래가 대답했다.

"저들이 포로가 된 지 20여 년입니다. 그동안 불만이 있는 자들은 대부분 도태되었다고 봐야 합니다. 그리고 북미로 포로들을 이주시킬 때 철저한 인성 검사를 거친 터여서, 지금까지 문제가 발생했던 적은 없었습니다."

"북미 지역 청군 포로들은 모두 얼마나 되지?"

"3만 정도 됩니다."

"적잖은 숫자구나. 그동안 나이가 많은 포로들은 목장 등으로 빠져나갔는데도 그 정도 숫자라니."

"처음부터 젊은 포로들을 선발해서 그렇습니다."

"그러기는 했지."

유진성이 의견을 냈다.

"청군 포로들이 본국의 경제발전에 참으로 지대한 공을 세웠습니다. 만일 청군 포로들이 없었다면 국가 기간산업은 지금보다 상당히 더디게 진행되었을 겁니다. 아울러 비용도 몇 곱절은 더 들었을 테고요."

황제도 인정했다.

"맞아. 100여 만에 가까웠던 포로들이 큰 역할을 했지. 그들이 아니었다면 이처럼 쉽게 철도 부설이나 도로를 개통해 나가기 어려웠을 거야. 항만과 교량과 같은 각종 토목 사업도 마찬가지였겠지."

"그런데 저는 그들을 볼 때마다 놀랍다는 생각이 먼저 드옵니다."

황제가 대번에 알아들었다.

"반항을 하지 않은 게 이상해?"

"예, 그렇습니다. 1~2년도 아니고 무려 20여 년의 포로 생활입니다. 처음 포로가 되었던 자들 중 20여 만에 가까운 자들이 나이가 들어 정부 농장과 목장으로 자리를 옮겼습니다. 그들 중 절반 정도가 사망했고요. 그런 엄혹한 시절을 겪으면서 제대로 반항을 하지 않는 것이 너무도 이상합니다."

"포기했기 때문이에요. 그리고 지금의 삶이 노예보다는 편하다는 것을 알고 있기에 적응을 한 것이지요."

유성훈이 동조했다.

"그건 그렇습니다. 전쟁 포로는 대부분 노예가 됩니다. 그것도 혹독한 대우를 받으면서요. 그러나 우리는 포로지만 대우는 제대로 해 주고 있습니다. 끼니마다 풍족하지는 않더라도 배고프지 않게 급식을 합니다. 철마다 옷도 배급해 주고요. 일이 고된 것은 어쩔 수 없지만, 포로가 이 정도 대우를 받으며 생활하는 경우는 없습니다."

황제도 동의했다.

"그렇지요. 청군 포로 중 상당수가 청국의 징집령에 무차별로 끌려왔는데, 그 와중에 빈민들도 상당수 포함되어 있었을 겁니다. 우리와 달리 청국의 빈민들은 하루하루 먹고사는 일이 지옥이지요. 그런 포로들에게 우리가 지급하는 급식과 배급은 충분히 만족할 수준일 거예요. 그리고 청군 포로들이 순종하게 된 가장 큰 원인은 청국이 자신들을 버렸다는 상실감 때문이지요."

홍경래가 적극 동조했다.

"그게 결정적이었습니다. 청국은 백만에 가까운 포로들을 버렸습니다. 그것도 협상 한 번 하지 않고 없는 사람 취급을 했고요. 그렇게 자신들을 버린 청국에 포로들이 무엇을 바라겠습니까?"

"그렇지. 청국은 종전 이후에도 몇 번이나 포로들을 돌려받을 기회가 있었지. 그럼에도 청국은 단 한 번도 포로 송환을 거론하지 않았어. 하물며 속량으로라도 포로를 데리고 가겠다는 일반 백성들의 청원조차도 철저하게 무시했지."

"맞습니다. 전부 전사했다는 이유 아닌 이유를 들어 가면서 자발적인 송환조차 막아 왔습니다. 자칫 여론이 호도될 우려가 있다면서요. 그리고 그렇게 희망을 잃은 청군 포로들에게 지금과 같은 삶은 어쩌면 좋을 수도 있습니다."

류성훈이 고개를 갸웃했다.

"왜 그런 생각을 하는 거지?"

"나라가 자신들을 버렸다는 건 희망이 사라졌다는 의미나 다름없습니다. 그런데 우리는 일은 고되게 시키지만 나름대로 자신들을 관리해 주고 있습니다. 이제는 처음과 달리 일과가 끝나면 자유 시간도 허용되고요. 거기다 먹고사는 문제만큼은 완전히 해결되었습니다. 그리고 우리말을 잘하고 기술 숙련도가 높은 자들은 중간 관리자도 될 수도 있지요."
류성훈이 크게 고개를 끄덕였다.
"새로운 희망이 생겼다는 말이구나."
"그렇습니다. 일은 힘들지만 그래도 지금보다 달라질 수 있다는 희망이 생긴 것입니다. 더구나 일정한 나이가 되면 지금보다 편한 농장과 목장으로 배치를 해 주고 있습니다. 인신의 억압이 있기는 하지만 그래도 노예가 아닌 삶을 살아가니 자존감이 생길 만하지 않겠습니까?"
황제가 크게 웃었다.
"하하하! 대단해, 홍 장군. 맞아. 짐이 포로들의 관리를 지금과 같은 방식으로 하는 이유가 바로 거기에 있어. 포로들 개인에게는 불행이지만, 포로들이 우리 지배에 적응한 이상 그들은 지금의 삶에 최선을 다하게 되어 있어."
홍경래도 적극 동조했다.
"맞습니다. 그런 포로들을 우리 나름대로 잘 관리해 주면 되고요."
"그렇지."
황제의 전용 열차는 사흘을 달려 밴쿠버에 도착했다. 개척 초기부터 개발을 시작한 밴쿠버는 그 주변으로 수십만이 이주해 있었다.
황제는 밴쿠버에서 하루를 머물고는 다시 이동해 시애틀을 거쳐 샌프란시스코에 도착했다. 샌프란시스코는 개척 초기 본토에서 가져왔던 뽕나무가 많아지면서 상항(桑港)으로도 불린다.

북미 개척이 시작될 초기부터 북미의 중심이 된 샌프란시스코는 천혜의 양항을 갖고 있다. 비록 불의 고리에 위치하기에 수시로 지진이 발생하지만, 아직까지 큰 피해가 발생한 적은 없었다.

"어서 오십시오, 폐하."

북미 지역은 아직 군정이 실시되고 있었다. 북미군정장관은 북미군단장이 겸하고 있었는데, 북방여단장 출신인 유병호가 맡고 있었다.

"유 장관, 오랜만이오."

"예, 폐하. 지난해 연말 보고를 드리고 처음 뵙사옵니다."

황제가 역의 접견실로 안내되었다.

역사를 둘러보며 자리에 앉던 황제가 소감을 밝혔다.

"본토의 역과는 건물 생김부터가 많이 다르구나. 본토는 건축 재료가 기본이 벽돌인데, 여기는 목재가 기본이구나."

"이곳은 벽돌보다 목재가 흔합니다. 그래서 역사도 그렇지만 대부분의 건물에 목재를 많이 사용하는 편이옵니다. 더구나 이 역사는 철도 부설 초기에 지어진 건물이어서 특히 더 많은 목재가 사용되었사옵니다."

"그렇구려. 하긴, 목조건물도 제대로만 지으면 수백 년은 충분히 유지되지."

"그렇기는 하옵니다. 그러나 북미철도의 기점으로는 아무래도 부족한 감이 없지 않습니다. 그래서 이번에 국토종단노선이 개통되는 거에 맞춰 역사 건물을 신축할 계획입니다."

황제도 동의했다.

"그렇게 하면 더 좋겠구려. 지금 건물도 나쁘지는 않지만, 이 역의 상징성을 위해서는 역사를 신축하는 것이 의미가 있을 거요."

"예, 폐하. 설계 도면이 나오면 바로 폐하께 올리겠사옵니다."

"그렇게 하세요. 기왕 신축하는 김에 누가 봐도 고개를 끄덕일 정도의 역사를 지어 보세요."

"명심하겠습니다."

잠시 한담이 오갔다.

그러다 시간을 살피던 홍경래가 조심스럽게 나섰다.

"폐하, 이제 거둥하시는 것이 좋겠사옵니다. 군정장관께서 폐하의 북미 순행을 환영하는 연회를 마련해 놓았사옵니다."

유병호가 부언했다.

"폐하의 첫 방문이옵니다. 그래서 지역의 유력 인사들과 원주민 대표들이 폐하를 뵙기 위해 영빈관에서 기다리고 있사옵니다."

"오! 원주민 대표까지 와있다면 어서 가야지. 홍 장군이 앞장을 서게."

"예, 폐하."

황제가 역사를 나왔다. 그러자 열차에 싣고 온 황실 전용 마차가 대기하고 있다 문이 열렸다.

황제가 동행하고 있는 황후를 먼저 태웠다. 그러고는 군정장관을 바라보며 권했다.

"가는 길에 묻고 싶은 것이 있으니 군정장관은 함께 타고 갑시다."

"예, 폐하."

황제와 유병호가 마차에 오르자 곧 문이 닫혔다.

"유 장관이 부임한 지 3년이지요?"

"그렇사옵니다."

"북미 발전 상황은 따로 보고를 받으면 되고, 짐은 원주민과의 관계가 궁금한데. 지금까지 파악된 원주민들의 숫자가 얼마나 되지요?"

유병호가 대답했다.

"20만 정도 됩니다. 이 중 로키산맥 서쪽부터 태평양 연안에 삼 분의 이 정도가 살고 산지에 일부가 삽니다. 그리고 나머지는 멕시코와의 국경 지대와 텍사스 지역에 살고 있습니다."

"우리가 추진하고 있는 원주민과의 화합은 잘 진행되고 있나요?"

"대부분의 원주민은 성격이 온순합니다. 그리고 본국 정책의 기조가 포용이어서 우리와의 교류를 거부하는 원주민들은 없습니다. 하지만 멕시코와 접한 지역의 원주민들이 조금 문제가 되고는 있습니다."

황제가 당부했다.

"전부는 아니지만, 북미는 원주민의 땅입니다. 그리고 북미 원주민들의 혈통을 따져 올라가면 우리와 남이 아닙니다. 그러니 최대한 협조해 가면서 개척을 진행하세요."

"그렇게 하고 있습니다. 그로 인해 개척이 늦어지는 지역도 생겨나고 있고요. 그러나 우리의 개척이나 진출에 대해 무력으로 반대하는 원주민들은 어쩔 수 없이 무력으로 상대해야 합니다."

황제도 인정했다.

"무력을 사용하면서 반대하는 경우는 어쩔 수가 없지요. 그러나 미국처럼 원주민들을 교묘하게 악용하거나 거짓으로 호도해서는 아니 됩니다."

"명심하겠습니다."

역에서 영빈관까지는 꽤 거리가 있었다. 그 거리를 함께하면서 두 사람은 많은 대화를 나누었다.

이윽고 마차가 영빈관에 도착했다. 영빈관에는 이미 철통 같은 경비를 서고 있었으며, 황제는 그런 병력을 가로질러 안으로 들어갔다.

"대한제국 황제 폐하께서 입장하십니다."

"와!"

짝! 짝! 짝!

엄청난 함성과 우레와 같은 박수가 천지를 진동했다. 이런 박수와 함성은 황제 부부가 자리를 찾아 설 때까지 계속되었다.

이어서 사회자의 안내로 간단한 국민의례가 진행되었다. 그리고 유병호의 축사에 이어 황제가 격려사를 위해 단상에 섰다.

세인트루이스 회담

황제가 참석자들을 둘러봤다. 유병호의 설명대로 본국의 귀빈들 사이사이에 원주민들도 꽤 참여해 있었다.

황제가 그들에게 감사를 표시했다.

"짐의 방문을 축하하기 위해 생각지도 않은 분들이 참석했군요. 여러분의 참석을 짐이 진심으로 감사드립니다."

통역을 통해 이 말을 들은 북미 원주민들은 깜짝 놀랐다. 대한제국의 황제가 북미에 와서 자신들을 먼저 거명할 줄은 몰랐기 때문이다.

황제의 격려사는 이어졌다.

평상시와 달리 황제는 여러 사람을 일일이 거론하며 치하했다. 그 바람에 격려사가 길어졌으나 누구도 지루해하지 않았다.

격려사가 끝나고 황제는 참석자들과 일일이 악수를 나누었다. 그리고 유공자들에 대한 포상에 이어 본격적인 연회가 시작되었다.

다음 날.

황제는 북미 원주민 대표와 대담을 나누었다. 역사적이라고 할 수 있는 대담에서 북미 원주민들은 자신들의 생존권을 지켜 달라고 요청했다.

황제는 먼저 귀화를 권유했다. 그러면 원주민들의 전통과 거주 문화도 보전해 주겠다고 약속했다. 이어서 대한제국 신민의 권리와 의무도 함께 설명해 주었다.

이런 황제의 제안에 원주민들은 즉답하지 않았다. 그러나 이들도 미국 지역의 원주민보다 훨씬 우대를 받고 있다는 사실은 잘 알고 있었다.

그래서 황제의 제안에 대부분 긍정적이었다. 그러나 중대한 일은 부족 전체 회의를 거쳐야 했기에 다음을 기약할 수밖에 없었다.

황제는 이들에게 다양한 하사품을 안겨 주었다. 푸짐한 선물을 받은 원주민들은 몇 번이나 감사의 인사를 하고는 돌아갔다.

원주민과의 대담을 마친 황제는 본격적인 순행을 시작했다. 샌프란시스코를 둘러본 황제는 철도 노선에 맞춰 태평양

해안을 따라 이동했다.

그렇게 해안 지대를 둘러본 황제는 내륙 노선을 따라 내륙으로 들어갔다.

북미 지역은 철도를 기준으로 도시가 형성되어 있었다. 개척 초기여서 도시라고 부르기 어려울 정도의 규모도 많았다. 그러나 순행에 맞춰 주변에서 모여든 주민들로 도시마다 인산인해를 이뤘다.

황제는 이렇게 모여든 주민들의 열렬한 환호를 받았다. 그러고는 반드시 주민 대표들을 만나 애로사항을 경청했다.

평생 처음 알현하는 황제였다.

이런 황제가 마음을 열고 다가서니 감복하지 않은 사람이 없었다. 그 바람에 황제가 도착했을 때 환호하던 주민들은 아쉬움에 눈물을 흘리며 황제를 전송했다.

황제는 이런 주민들을 위해 다양한 지원을 약속했다. 이런 지원의 대부분은 정부 예산이 아닌 상무사가 책임지면서 주민들을 더 기쁘게 했다.

그렇게 10여 개의 도시를 거쳐 마침내 뉴올리언스에 도착했다.

뉴올리언스는 지금까지의 도시와는 규모 자체가 전혀 달랐다.

북미의 유럽 창구인 뉴올리언스는 대한제국의 영토가 된 지 20여 년이 되었다. 그런 뉴올리언스는 그동안 폭발적으로 성장해 있었다.

뉴올리언스의 방어를 위해 사단이 주둔하고 있었다. 본래는 여단이 주둔했었는데, 텍사스 반란 이후 사단으로 규모가 대폭 확대되었다.

북미 제101사단은 대규모 사단이다.

휘하에 2개의 기병여단과 3개의 보병연대, 1개의 포병연대를 거느리고 있다. 이 중 1개 기병여단과 1개 보병연대가 뉴올리언스에 주둔하고 있었다.

인구도 30여 만에 가까운 뉴올리언스는 북미 최대 도시가 되었다. 화란양행이 위임통치를 하고 있지만, 도시건설은 정부가 주도하고 있었다.

이런 영향으로 건물들은 동서양의 양식이 고루 반영된 것들이 많았다. 그래서 도시 분위기가 이국적이면서도 특이한 아름다움을 담고 있었다.

황제의 열차가 역에 도착하자 뉴올리언스 총독이 올라왔다. 뉴올리언스의 총독은 시몬스 남작이었다.

"어서 오십시오, 폐하."

황제가 환하게 웃으며 그의 손을 잡았다.

"오랜만이오. 총독."

시몬스가 능숙한 우리말로 대답했다.

"예, 폐하. 그간 강녕하셨사옵니까?"

"짐은 여전하오. 그런데 시몬스 총독은 몇 년 사이 많이 늙었소?"

시몬스가 웃었다.

"하하하! 송구하오나 신의 나이 육십이 넘은 지 오래입니다."

황제가 안타까워했다.

"아! 남작은 늘 젊을 줄 알았는데 그게 아니었나 보군요."

"하하하! 세월은 누구나 비켜 가지 않사옵니다. 폐하를 처음 뵙고 30여 년이옵니다. 그 오랜 시간을 제가 어찌 이겨 낼 수 있겠사옵니까?"

"하긴, 상해총독인 오 백작도 육십이 훌쩍 넘기는 했지요."

"예, 맞습니다. 신이 뉴올리언스총독을 자임하게 된 것도 오 백작이 상해총독을 맡은 영향이 컸습니다."

"그래요?"

"폐하께서 하사해 주신 저의 봉토가 이 주변입니다. 그곳에는 이미 저의 가족이 모두 이주해 와 있고요. 신도 몇 년 더 나라에 충성하다 은퇴해서는 거기서 생을 마치려고 합니다."

황제가 아쉬워했다.

"아아! 세월이 야속하네요. 남작은 오 백작과 함께 언제까지라도 짐을 도와줄 줄 알았는데 벌써 은퇴를 거론하다니요."

시몬스가 몸을 숙였다.

"폐하, 본토에는 대대적인 세대교체가 진행되었다고 들었사옵니다. 과거 폐하와 동문수학했던 인재들과 대학에서 쏟아져 나온 인재들이 각계각층에 빠르게 자리를 잡아 가고 있고요. 그런 세월의 흐름이 이곳 뉴올리언스에도 영향을 끼쳐, 총독부 관리들도 대거 교체되는 중입니다. 그런 흐름에 저도 벗어날 수는 없습니다."

황제가 크게 고개를 끄덕였다.

"으음! 그렇기는 하지요."

"그리고 저희의 위임통치도 끝나 갈 때가 되어 간다고 생각합니다."

황제가 고개를 저었다.

"그렇지 않아요. 실무는 점차 본국 출신들이 맡아 가겠지만 화란양행의 위임통치는 당분간 더 지속할 겁니다."

"그렇게 되면 저희는 좋습니다. 허나 저희가 모두 은퇴하고 나면 문제가 되지 않겠사옵니까?"

"그렇게 되지 않도록 해야지요. 짐이 화란양행에 뉴올리언스를 맡긴 것은 보다 많은 유럽인의 이주를 받기 위해서지요. 우리 대한제국이 아무리 개방되었다고 해도 유럽인의 정서를 모두 이해할 수는 없어요. 그래서 화란양행이 당분간은 통치하는 게 좋아요."

시몬스가 고개를 갸웃했다.

"동양은 서양보다 인구가 월등히 많습니다. 사람이 많으면 인재도 많은 법이고요. 그럼에도 폐하께서 유럽인의 이주에 더 신경을 쓰는 까닭은 유럽의 앞선 기술력을 지속적으로 받아들이기 위해서인지요?"

황제가 고개를 저었다.

"그것만이 전부가 아니에요. 우리 제국도 그동안 부단히 노력한 덕분에 기술력을 상당히 축적할 수 있었지요. 덕분에 일부 분야는 유럽보다 월등한 기술력을 보유하게 되었고요."

"저도 그렇게 알고 있습니다."

"그럼에도 유럽인의 이주를 적극 권장하는 까닭은 미국 때문이에요. 유럽은 내부 사정으로 인해 앞으로도 해외 이주를 많이 할 수밖에 없습니다. 그런데 우리가 유럽인의 이주를 받아들이지 않는다면 그들이 어디로 가겠어요."

"대부분 미국으로 갈 것입니다."

"그렇지요. 그렇게 되면 미시시피를 경계로 인종 구분이 분명하게 생기게 되지요. 그렇게 강을 경계로 동서양의 이질적인 문화가 생기면 언젠가는 충돌하게 될 겁니다. 그것도 엄청난 규모로요."

시몬스가 감탄했다.

"아! 폐하께서는 거기까지 보고 계셨군요."

"북미는 이민자들이 만들어가는 세상입니다. 그런 북미에 인종을 가리면 안 된다는 것이 짐의 생각이에요. 그리고 우리 제국은 본토로도 유럽 이민자들을 대거 받아들이고 있지요."

"그렇지 않아도 유대인들이 대거 이주한다는 소문은 들었습니다."

"맞아요. 유대인에 대한 차별이 많이 없어지기는 했지요. 그러나 유럽에서는 아직까지 유대인에 대한 차별이 엄존하고 있는 게 현실이지요. 그런 유대인들이 본토로 이주를 많이 하고 있지요. 그것도 사람이 별로 살고 있지 않은 몽골과 몽골 북부 지역으로요."

"그곳에서도 개척이 진행되고 있군요."

"그래요. 모두가 대륙종단철도 덕분이지요. 우리 대한제국이 종교와 인종차별을 하지 않는다는 사실이 철도를 통해 알려진 덕분이지요."

"너무 많은 숫자가 이주하면 문제가 되지 않겠습니까?"

황제가 고개를 저었다.

"그렇지 않아요. 어느 인종이든 우리 말과 글을 익히고 배우며 우리 법에 따라 행동하면 됩니다. 더구나 유대인들은 수천 년간 핍박을 받아 온 민족이니 우리라도 받아 주어야지요. 그러니 이곳을 찾는 유대인도 절대 차별을 해서는 안 됩니다."

시몬스가 장담했다.

"그런 일은 없습니다. 뉴올리언스에서는 인종차별이 중범죄입니다. 그리고 이곳 뉴올리언스의 주인은 대한제국인데 유럽인이 어떻게 인종차별을 하겠습니까? 만일 그런 생각이 조금이라도 있다면 이곳이 아닌 뉴욕으로 가야지요."

"그래도 문제가 발생하는 경우가 있겠지요?"

"안타깝지만 그런 경우가 간혹 발생합니다. 그러나 대한제국 사람을 상대로는 절대 그런 일이 일어나지 않습니다."

"그나마 다행이군요. 어쨌든 그런 일이 발생하면 일벌백계로 다스려야 합니다."

"당연히 그렇게 처리하고 있사옵니다."

이때, 마차 준비가 되었다는 보고가 올라왔다.

시몬스가 자리에서 일어났다.

"폐하, 그만 내려가시지요. 신이 모시겠습니다."

"부탁합니다."

황제가 황후와 함께 열차에서 내려 대기하고 있던 마차에 올랐다. 황실 전용 마차는 기병여단의 엄중한 호위를 받으며 출발했다.

역에서 황제가 머물 총독부까지는 도심을 가로질러야 했다. 황제와 황후는 이국적인 뉴올리언스의 풍광에 몇 번이고 감탄했다.

이윽고 총독부에 도착했다. 총독부는 뉴올리언스 중앙 광장의 정면에 자리하고 있었다.

"충!"

총독부경비를 맡은 해병대가 일제히 군례를 올렸다. 황제가 그들의 인사에 답하는 동안 마차는 본관과 별관을 차례로 지났다.

총독부 본관은 3층으로 업무공관이었으며, 2층 별관은 총독의 사저인 관저였다. 황제의 마차가 본관과 별관을 지나 영빈관에 멈췄다.

마차에서 내린 황제가 감탄했다. 뉴올리언스 영빈관과 정원이 궁전처럼 아름다웠기 때문이다.

"호오! 영빈관이 아주 잘 만들어졌군요."

"이 영빈관은 언젠가 폐하께서 왕림하실 것에 대비해 만들어 놓았습니다. 건물은 유럽에서 유명한 건축가가 설계했으며 석재는 전부 이탈리아에서 가져왔습니다."

"그래서인지 건물이 장중하면서도 묵직하군요."

"폐하의 방문에 맞춰 영빈관 내부를 전면적으로 손봤습니다. 그래서 폐하 내외분께서 지내시기에 불편하지는 않을 것이옵니다."

"내부가 궁금하네요. 들어가 봅시다."

"예, 폐하."

시몬스의 안내를 받아 황제가 다가섰다. 영빈관을 경호하던 해병대가 일제히 군례를 올렸다.

"충!"

인사를 받은 황제가 잠시 걸음을 멈추고 그들을 격려했다. 그런 황제와 황후를 위해 해병대원들이 영빈관의 정문을 활짝 열었다.

영빈관 내부는 완전히 새 단장이 되어 있었다. 그런 모습

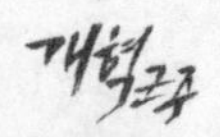

을 둘러보며 칭찬을 하던 황제가 2층 접견실로 들어갔다.
이때부터 보고가 시작되었다.
먼저 시몬스가 뉴올리언스의 상황을 보고했다. 이어서 육군의 101사단과 수군의 대서양함대의 보고가 이어졌다.
보고를 받은 황제가 질문했다.
"미국이 우리 군의 배치에 대해 문제를 제기한 적은 없었소?"
101사단장이 먼저 보고했다.
"우리 육군 병력이 보강된 것은 텍사스 반란 이후입니다. 그래서인지 일체의 문제 제기는 없었습니다."
"그렇다면 다행이군요. 수군은 어떻지요?"
대서양함대 사령관이 대답했다.
"미국은 본래 해군 없이 해안경비대만 있었습니다. 그러다 영미전쟁을 겪으면 해군을 운용하기 시작한 상황입니다. 더구나 그들이 신경을 쓰는 지역은 대서양이어서, 이곳 멕시코만은 거의 저희가 통제하고 있습니다."
"미국이 플로리다를 합병하게 되면 사정이 달라지겠지요?"
"그때는 어쩔 수 없이 미국과 공조해야 합니다. 그리고 폐하. 여쭙고 싶은 것이 있사옵니다."
"말씀해 보시오."
"멕시코만과 접한 바다가 카리브인데, 이 바다에는 상당한 규모의 섬들이 많습니다. 특히 스페인 식민지인 쿠바는 요지 중의 요지입니다. 폐하께서 윤허해 주신다면 우리 수군이 해병대와 연계해 쿠바를 공략해 보고 싶사옵니다."

황제가 고개를 저었다.

"지금의 우리는 영토 확장보다 수성이 더 필요한 시기입니다. 제독의 제안은 충분히 일리가 있기는 합니다. 그러나 쿠바는 스페인에게 플로리다보다 훨씬 더 중요한 지역입니다. 그런 지역을 스페인이 절대 쉽게 포기하지 않을 겁니다."

함대사령관이 아쉬워했다.

"아쉽지만 알겠사옵니다."

황제가 그를 다독였다.

"너무 아쉬워 마세요. 쿠바를 꼭 공략하지 않고도 우리의 영향력 아래에 둘 방법은 많아요."

황제가 시몬스를 바라봤다.

"쿠바의 설탕 농장에 대한 투자는 잘되고 있지요?"

"물론입니다. 아이티가 독립한 이후 유럽에서는 아이티의 설탕을 의도적으로 수입하지 않고 있습니다. 우리 화란양행은 그 틈을 이용하기 위해 상무사의 자본을 받아 쿠바에 대규모 사탕수수 농장을 조성해 왔습니다. 그 결과 쿠바의 설탕 산업의 절반 이상을 우리가 확보하게 되었습니다. 그리고 담배와 커피 산업에도 막대한 자금을 투자되고 있습니다."

황제가 환하게 웃었다.

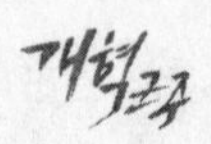

"잘하고 있군요. 쿠바는 우리의 투자로 인해 설탕 산업의 중심지로 거듭나고 있습니다. 담배와 커피도 분명 큰 영향력을 갖게 될 것이고요. 이런 상황이 계속 이어진다면 쿠바는 어렵지 않게 경제적으로 예속될 것입니다. 그러고."

황제가 함대사령관을 바라봤다.

"지금 당장은 아니지만 경제 예속이 이어지면, 언젠가 쿠바 스스로가 우리와 합병하자고 나설 수도 있습니다. 그러니 너무 조급하게 생각하지 마시고 길게 보세요."

"알겠습니다. 우선은 주변 바다부터 확실하게 장악해 놓겠습니다."

"그렇게 하세요. 멕시코는 지금도 그렇지만 앞으로도 바다는 신경을 쓰지 못할 겁니다. 남은 건 미국인데, 플로리다가 아직은 스페인 영토여서 대서양함대가 운신하는 데 문제가 되지 않을 거예요."

류성훈이 질문했다.

"쿠바의 설탕이 뉴올리언스로도 상당히 유입되겠네요."

시몬스가 대답했다.

"그렇습니다. 철도를 이용하면 태평양까지 바로 수송이 가능해 카리브의 다양한 상품들도 몰려들고 있습니다. 그런 물류를 위해 항만 시설도 대폭 확충하고 있고요. 그리고 카리브지역의 주민들도 이주해 오고 있지요."

"사람과 상품이 모두 몰려든다는 말이군요."

"그렇습니다. 그리고 이곳에 있는 미국영사관으로부터 의외의 제안이 들어왔습니다."

"무슨 제안이지요?"

시몬스가 봉투를 황제에게 제출했다. 황제가 받은 봉투에는 미국 정부 문양의 인쇄되어 있었다.

"미국의 공식 문서로군요."

"그렇습니다. 미국영사의 말에 따르면 미국 대통령이 폐하와 회담을 하고 싶다는 문서라고 했습니다."

황제가 놀라 급히 문서를 개봉했다.

"으음! 그렇군요. 미국 대통령 제임스 먼로가 짐과 회담을 요청하는 연방정부 공식문서로군요."

류성훈이 고개를 갸웃했다.

"미국 대통령이 무슨 까닭으로 폐하와 회담을 하고 싶다고 했을까요? 우리가 있어서 중남미와 남미 국가의 독립도 별 영향을 받지 않았을 터인데요."

황제가 시몬스를 바라봤다.

"짐이 알아야 할 특이 사항이 있나요?"

"미국 북부 지역에서 해방된 노예를 아프리카로 돌려보내고 있습니다. 그리고 프랑스가 아이티를 침공했다 실패한 정도가 눈에 띄는 사건입니다."

"둘 다 우리와 전혀 상관이 없는 일인데……."

홍경래가 조심스럽게 의견을 냈다.

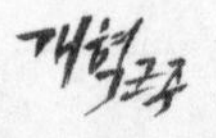

"아마도 지난 텍사스 반란에 연루된 것이 못내 마음에 걸렸나 봅니다. 당시 포로의 자백에 의하면 국무장관은 확실히 연루되었고, 미국 대통령도 묵시적인 동의가 있었습니다."

황제가 크게 고개를 끄덕였다.

"홍 장군의 말이 맞겠구나. 미국으로선 그게 늘 마음에 걸렸을 거야."

"예. 우리가 영토 욕심이 있었다면 그때 거병했을 터인데, 그러지 않은 것이 미국으로서는 천우신조였고요."

황제가 결정했다.

"좋아. 미국 대통령이 무엇을 원하는지 한번 만나 보자."

시몬스가 나섰다.

"회담 장소는 어디로 합니까?"

황제가 대답했다.

"여기가 가장 좋겠지요. 그런데 미국은 철도가 아직 부설되지 않았는데, 워싱턴에서 여기까지 오려면 얼마나 걸릴까요?"

"열흘 이상 걸릴 것입니다, 폐하. 그래서 드리는 말씀인데, 여기보다 북미 대륙의 중심인 세인트루이스가 어떻겠습니까?"

"세인트루이스요?"

"예. 폐하께서는 순행을 하셔야 하옵니다. 텍사스를 둘러보시고 북상하면 기다리실 필요 없이 회담을 하실 수 있을 것이옵니다. 미국 대통령도 중간의 도시들을 거치기 때문에 이동 시간도 크게 줄어들 것이옵니다."

황제가 동의했다.

"그렇게 합시다."

황제의 결정이 떨어지자 상황은 빠르게 진행되었다. 뉴올리언스 주재 미국영사는 자신이 직접 마차를 타고 워싱턴으로 달려갔다.

황제는 미국이 발 빠르게 움직이는 것과 달리 뉴올리언스를 둘러보면서 순행을 재개했다.

뉴올리언스는 미시시피를 끼고 좌우로 도시가 형성되어 있다. 그런 뉴올리언스 동쪽의 상당히 넓은 면적이 대한제국 영토였다.

본래는 더 넓은 지역이 있었으나 미국과 영토 협상을 하면서 상당 부분을 넘겨주었다. 그렇게 남은 지역에는 101사단 예하 부대가 국경 지대에 주둔하고 있었다.

황제의 뉴올리언스 순행은 이 지역 방문부터 시작되었다. 미국에 대한 일종의 경고와도 같은 방문을 시작으로 뉴올리언스 주변을 며칠 동안 둘러봤다.

그리고 텍사스로 넘어가 열흘 가까이 둘러본 황제는 철도로 북상했다.

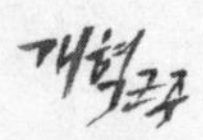

북미 지역의 철도 노선은 폭이 넓은 우물 정(井) 자 형태였다. 그런 철도의 동부노선 중간에 세인트루이스가 있다.

황제가 세인트루이스에 먼저 도착했다. 그래서 주변을 이틀 동안 둘러보고 있을 때 미국의 대통령이 도착했다.

세인트루이스는 프랑스 모피 상인이 세운 요새가 시작이었다. 특히 미시시피와 미주리가 합류하는 지점이어서 수운이 발달해 있었다.

그러던 도시는 철도가 들어서면서 대륙의 중심으로 급격히 발전하고 있었다. 이런 세인트루이스의 시청에서 양국 정상이 만났다.

황제가 먼저 손을 내밀었다.

"어서 오십시오."

제임스 먼로가 자신을 소개했다.

"대한의 황제 폐하를 뵙게 되어 영광입니다. 미합중국 대통령 제임스 먼로라고 합니다."

"잘 오셨습니다. 짐은 대한제국 황제 이공입니다."

악수를 나눈 양국 정상이 탁자에 마주 앉았다.

제임스 먼로가 먼저 양해를 구했다.

"사전 연락도 없이 갑자기 회담을 요청해서 죄송합니다."

"별말씀을요. 이런 기회가 아니면 언제 우리가 이렇게 마주 앉아 볼 수 있겠습니까?"

"예. 그래서 결례를 무릅쓰고 폐하께 회담을 요청했던 것입니다.”

제임스 먼로가 놀라운 발언을 했다.

“먼저 지난번에 있었던 텍사스 반란 사건에 본국이 연루된 점에 대해 사과드리겠습니다.”

황제가 크게 놀랐다.

“놀랍군요. 미국 대통령께서 그때의 일을 거론하다니요. 더구나 직접 사과까지 하실 줄은 생각지도 못했습니다.”

제임스 먼로가 한숨을 내쉬었다.

“후! 많은 고심을 했습니다. 그러다 그냥 덮기에는 뭔가 미진하다는 생각을 버릴 수가 없었습니다. 골이 깊으면 바람도 세다는 말이 있습니다. 그래서 저는 양국의 우호 증진을 위해 반드시 짚고 넘어가야겠다는 결심을 하게 된 것입니다.”

황제가 바로 받아들였다.

“좋습니다. 다른 사람도 아니고 미국을 대표하는 대통령께서 사과를 하셨으니 받아들이지요. 그러나 그러한 일이 다시 발생하지 않도록 약속을 해 주셨으면 합니다.”

제임스 먼로도 흔쾌히 동의했다.

“알겠습니다. 미합중국 대통령으로서, 다시는 그런 일이 발생하지 않도록 최선을 다할 것을 약속드립니다. 필요하다면 정식으로 문서화해 드릴 용의도 있습니다.”

“그게 좋겠군요. 그리고 대통령께서 이렇게 약속을 해 주시니, 짐도 지난번에 있었던 불미한 일은 잊어버리겠습니다.”

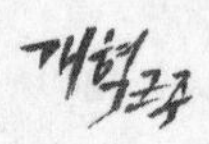

"감사합니다."

"별말씀을요. 그런데 짐을 보자고 한 이유가 그것뿐은 아니겠지요?"

제임스 먼로의 표정이 심각해졌다.

"저는 우리 미합중국과 귀국이 상호 불가침을 약속하는 평화 협정을 체결하기를 바랍니다. 그리고 본국의 플로리다 병합을 귀국이 지지해 주기를 바랍니다. 또한, 아메리카대륙에서 독립을 선언한 나라에 대한 유럽 어느 국가의 간섭도 허용하지 않는 데에도 동의해 주셨으면 합니다."

"아메리카대륙의 일을 유럽 국가가 간섭하지 말라는 의미군요."

"그렇습니다. 지난 수백 년간 아메리카대륙은 유럽 국가의 지배를 받아 왔습니다. 그러면서 수많은 학대와 수탈을 당해야 했고요. 아메리카의 발전을 위해서는 이런 일은 되풀이되지 않아야 한다고 생각하고 있습니다."

황제도 적극 찬성했다.

"옳은 말입니다. 짐도 대통령 각하의 의견에 전적으로 동감합니다. 그래서 우리 대한제국은 중남미와 남미에서 독립한 나라를 가장 먼저 승인해 주면서 외교 관계를 맺었습니다."

"저도 보고를 받고 놀랐습니다."

"우리가 가장 먼저 독립을 승인해 준 것이 놀랐다는 말입니까?"

"그렇습니다. 우리 합중국은 귀국이 다른 유럽 국가와 같다고 생각했습니다. 그래서 식민지 확장에 걸림돌이 될 수도 있는 중남미, 남미 국가들의 독립 승인을 가장 먼저 할 줄은 몰랐습니다."

황제가 고개를 저었다.

"대통령께서 잘못 알고 계시는군요. 우리 대한제국은 식민지 확보에 별 관심이 없습니다."

제임스 먼로가 놀랐다.

"아! 그렇습니까?"

"우리 대한은 보유하고 있는 영토가 러시아보다 넓습니다. 물론 동토의 땅이 상당수지만 넓이만큼은 세계 제일입니다. 그런 우리가 무엇이 아쉬워 식민지를 건설하겠습니까?"

"귀국은 얼마 전 일본과 전쟁을 치렀던 것으로 압니다. 그 전쟁에서 귀국은 압도적으로 승리하면서 2개의 섬을 얻었던 것으로 압니다만."

황제가 크게 웃었다.

"하하하! 그래서 대통령께서 오해하셨군요."

"오해라고요?"

"그렇습니다. 일본과 전쟁을 했던 것은 맞습니다. 그러나 그 전쟁은 과거에 있었던 저들의 침략을 응징하기 위해 거행된 것이었습니다."

황제가 대한제국의 사정을 설명했다.

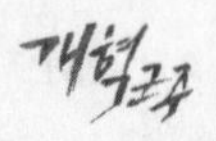

그 설명을 들은 제임스 먼로의 표정이 심각해졌다.

"놀라운 말씀이군요. 수백 년 전의 침략을 갚기 위해 전쟁을 벌였다니요?"

"그렇습니다. 우리 제국은 수백 년이 아니라 천 년이 지난 일도 결코 잊지 않습니다. 그래서 청국과 고토수복전쟁도 벌인 것이고요."

제임스 먼로가 고개를 저었다.

"놀라운 일이군요. 우리의 정서로는 도저히 이해할 수 없는 일입니다. 어떻게 수백 년, 천 년 전에 일어났던 일을 이제 와서 갚는단 말입니까?"

"시간이 아무리 지나더라도 은원은 언젠가 풀어야 하는 법이지요. 그래서 짐은 대통령께서 이번에 소탈하게 지난 일을 사과하신 것에 대해 아주 높게 평가하고 있습니다."

제임스 먼로가 질린 표정을 지었다.

"그렇다니 다행입니다."

황제가 정리했다.

"우리 대한제국은 귀국이 제안은 상호 불가침 제안에 찬성합니다. 아울러 플로리다 합병 노력에 대해서도 지지를 보내는 바입니다. 또한, 아메리카대륙의 일에 유럽 제국이 간섭하면 안 된다는 대통령의 말씀에도 전적으로 동감을 표시합니다."

모든 제안을 황제가 찬성했다.

제임스 먼로의 표정이 환해졌다.
"감사합니다."
황제가 한발 더 나아갔다.

대륙의 끝

황제가 선언했다.

"미합중국이 우리 영토를 침범하지 않는 한, 우리 대한제국은 미시시피를 절대 넘지 않을 것입니다."

제임스 먼로의 표정이 환해졌다.

"정말입니까? 정말 귀국이 미시시피를 넘지 않으실 겁니까?"

"물론입니다. 그러나 조금 전의 말대로 귀국이 본국의 영토를 침범하지 않아야 합니다. 그 약속을 귀국이 지켜 준다면 우리 제국은 미합중국의 영원한 우방으로 남을 것입니다."

제임스 먼로와 미국 대표들의 표정이 더없이 환해졌다. 특히 황제와의 회담을 위해 노력했던 제임스 먼로는 세상의 모든 것을 얻은 표정이었다.

제임스 먼로가 진심으로 고마워했다.

"감사합니다. 솔직히 황제 폐하를 만나면서도 내심 크게 걱정을 했었습니다."

"무엇이 그렇게 걱정이 되던가요?"

"우리 미합중국은 아직 농업 국가입니다. 주 정부의 권한이 커서 합중국 정부의 권력이 아직은 미약한 형편입니다. 그런 우리로서는 공업 선진국인 귀국이 어떤 행동을 취할지 몰라 늘 불안했던 것이 사실입니다. 그래서 지난번처럼 과도한 일도 벌어지게 되었고요."

황제가 고개를 저었다.

"오판을 했군요. 우리는 전혀 생각도 하지 않았는데 귀국이 지레 걱정을 했었어요."

"예. 솔직히 우리 미국은 아직 힘이 약합니다. 그런 우리가 대국인 귀국의 동향에 촉각을 곤두세우지 않을 수 없는 게 현실입니다. 더구나 귀국은 불과 20여 년 만에 수백만의 주민들을 북미로 이주시켰습니다. 그것도 국가가 주도해서 말입니다. 그러한 질서 있는 개척을 바라보는 우리들의 심정은 늘 화약을 옆에 두고 있는 심정이었습니다. 그런데, 그런데 폐하께서 우리의 근심을 단번에 없애 주는 말씀을 하셨습니다."

제임스 먼로가 순간 말을 잇지 못했다.

감정이 격해진 그는 잠시 마음을 다스리고는 말을 이었다.

"미합중국 대통령으로서 대한제국 황제 폐하께 약속합니다. 우리 미합중국도 불순한 의도로 미시시피를 넘는 일은 절대 없을 것입니다."

황제가 화답했다.

"고마운 말씀입니다. 미국이 그 약속만 지켜 준다면 우리 대한제국은 미국의 발전에 도움을 드릴 수도 있습니다."

"아! 그렇습니까?"

"예. 10여 년 전 귀국의 발명가인 올리버 에반스(Oliver Evans)가 이런 예언을 했더군요. '사람들이 증기기관을 이용해 도시에서 도시로 편안하게 이동할 때가 올 것이다. 새가 1시간에 15~20마일 날아가는 것만큼이나 빠르게 이동할 거다.'라고 말이지요."

제임스 먼로의 눈이 커졌다.

"폐하께서 올리버 에반스도 아십니까?"

"물론입니다. 본국은 세계 최초로 증기기관차를 상용화했습니다. 그러면서 기술도 발전시켜, 이제는 그의 예언보다 빠른 시속 60킬로미터까지 달릴 수 있게 되었지요."

"그렇다는 말은 들었습니다."

"올리버 에반스는 천재였습니다. 그런데 그가 그런 말을 했을 때 미국의 지식인들은 헛소리라며 그를 맹렬히 비난했다고 하더군요."

제임스 먼로가 아쉬워했다.

"예, 맞습니다. 저도 그때는 상상 속의 이야기로 치부했으니까요."

"본국은 달랐습니다. 본국은 그가 발명한 밀가루 자동생산기술과 몇 가지 특허사용권을 매입했습니다. 그래서 그의 기술을 더욱 발전시켜 밀가루를 대량생산하고 있지요. 아울러 고압 스팀 기관을 활용한 기술도 새롭게 개발 중이고요."

제임스 먼로의 눈이 커졌다.

"놀랍습니다. 그가 발명한 기술이 귀국에까지 흘러 들어갔을 줄은 몰랐습니다."

"본국도 밀가루 생산기술은 그 전부터 보유하고 있기는 했습니다. 그런데 올리버 에반스가 개발한 제분 기술이 더 효율적이어서 그의 기술을 적극 활용하고 있지요. 그리고 그는 증기기관을 활용하는 능력은 가히 천재적이더군요."

"아! 그렇습니까?"

"특히 냉매를 활용한 냉동장치는 당장 실현이 불가능하지만, 첨단 기술임에는 분명합니다. 그래서 그의 기술을 상용화하기 위해 부단히 노력하는 중이고요."

제임스 먼로가 질린 표정을 지었다.

"놀랍다는 말이 절로 나오는군요. 귀국이 유럽의 기술자와 과학자를 영입하고 있다는 말은 오래전부터 들어서 알고 있었습니다. 그런데 우리 미국의 기술까지 도입해 가고 있을 줄은 몰랐습니다."

"세상을 이롭게 하는 발명품을 사장시키는 것처럼 아까운 것도 없습니다. 그래서 짐은 미국은 물론 유럽 각국에서 개발된 특허 중에 상용화가 가능한 특허는 정당한 값을 주고 매입하게 하고 있지요. 그런 노력이 본국의 기술 발전에 큰 도움이 되고 있기도 하고요."

제임스 먼로가 굳은 표정을 지었다.

"우리 합중국도 기술 발전에 좀 더 정성을 기울여야겠습니다."

황제가 적극 권했다.

"그렇게 하세요. 미국이 유럽보다 부강한 나라가 되기 위해서는 공업 발전이 필수입니다. 그리고 미국은 이민자의 나라여서 유럽 각국에서 다양한 사람들이 이주해 왔습니다. 그런 시민들을 잘 살펴보면 인재들이 의외로 많을 겁니다."

"폐하의 조언을 꼭 참고하겠습니다. 그런데 아까 철도에 대해 말씀을 하셨습니다만."

황제가 머쓱해했다.

"하하하! 미안하군요. 대화하다 보니 실제 하려는 제안에서 잠시 어긋났네요."

"아닙니다. 괜찮습니다."

"그럼 본론을 말씀드리지요. 만일 귀국이 원한다면 철도 사업을 합작하고 싶군요."

제임스 먼로도 짐작했던 사안이었다. 그래서 대답이 쉽게 나왔다.

"어떤 식으로 합작을 하면 됩니까?"

"귀국의 자본가들이 자본을 대고 우리가 기술을 대는 겁니다. 그에 필요한 합작 비율은 유럽의 예를 따르면 될 것이고요."

"으음!"

"본국보다는 작지만, 귀국의 영토는 크고 넓습니다. 그리고 플로리다를 합병하게 되면 훨씬 더 넓어지고요. 이런 귀국을 발전시키기 위해서는 철도 부설은 필수입니다."

"저도 그렇게 생각은 하고 있었습니다. 그러나 철도 기술을 귀국이 독점하고 있어서 도입할 생각을 못 하고 있었습니다. 그런데 폐하께서 합작을 제안하시니 새로운 길이 열리는 기분입니다."

"그러시다면 다행이네요."

"귀국의 합작 주체는 어디입니까?"

"본국의 철도청과 상무사가 될 겁니다."

"자본이 많이 들어가겠지요?"

"그렇습니다. 그러니 처음에는 수익이 나는 구간부터 차츰 철도를 부설하면서 범위를 넓혀 가는 것이 좋을 겁니다."

"처음부터 막대한 자본이 투입되지 않아도 된다는 말씀이군요."

"그렇습니다."

"알겠습니다. 그 문제는 돌아가서 긍정적으로 검토하겠습니다."

"잘 생각하셨습니다."
황제와 제임스 먼로는 실무자를 불러 회담 내용을 정리했다. 이러는 동안 양국은 현안에 대해 깊이 있는 논의가 진행되었으며, 거기서 도출된 협의 내용도 협정문에 삽입했다.
양측의 이해가 맞아떨어지면서 협정문의 정리도 하루 만에 끝났다. 훗날 세인트루이스 선언으로 기록되는 회담은 이렇게 끝났다.

❀

제임스 먼로는 황제를 만났을 때 상당히 긴장했었다. 그러다 돌아갈 때는 묵은 체증을 내려보낸 듯 더없이 환한 표정을 지었다.
제임스 먼로와 미국 대표들을 외륜선을 타고 강을 건넜다. 강을 건너는 동안 이들은 황제가 서 있는 언덕을 보며 몇 번이고 손을 흔들었다. 황제도 미국 대표들이 완전히 강을 건널 때까지 그들을 전송해 주었다.
"갑시다."
미국 대표를 전송한 황제는 순행을 이어 갔다.
북부 지역을 순행하던 황제는 엄청난 광경을 목도했다.
들판을 가득 메운 어마어마한 소 떼가 철길을 가로질렀다. 그 바람에 황제가 탄 전용 열차는 충돌을 막기 위해 잠시 정차할 수밖에 없었다.

"저게 전부 들소네요?"

유병호가 대답했다.

"예, 폐하. 학자들의 파악한 바로는 거의 1억 마리에 육박한다고 합니다."

생각보다 많은 숫자에 황제가 놀랐다.

"1억 마리나 된다고요?"

"예. 개체 수가 너무 많습니다. 그래서 북부 지역 이주민의 농작물이 수시로 큰 피해가 발생하고 있어서 대책이 시급한 실정입니다."

"아! 너무 많아서 문제란 말이군요."

"그렇사옵니다."

"흐음! 사람들이 피해를 본다면 일정 두수는 정리해야겠군요."

"예. 그리고 들소들이 돌아다니는 초지는 북미에서 가장 비옥한 땅입니다. 농학자들의 보고서에 따르면 이 지역을 전부 토지로 개발한다면 대한제국 신민의 몇 배를 먹여 살리고도 남을 양곡을 소출할 수 있다고 합니다."

황제의 고개가 절로 끄덕여졌다.

'맞아. 이 곡창지대를 미국이 개발하면서 세계 최고의 농업 생산국이 되었지.'

황제가 고개를 저었다.

"초지를 개발하면 옥토가 되는 것은 맞습니다. 허나 사막화에 대한 대책부터 마련하고 개발을 해야 합니다. 그렇지 않고 초지를 무작정 뒤집어엎는다면 고비사막이 되는 것은 순간입니다."

유병호가 크게 고개를 끄덕였다.

"알겠습니다. 초지를 개발할 때 반드시 그에 대한 대책을 마련하도록 조치하겠습니다."

"비가 잘 오지 않는 초지에는 소를 방목하기만 해도 급속히 사막화가 됩니다. 그러니 그 부분도 절대 간과하지 말고 신중하게 개발하세요."

"예, 알겠습니다."

황제의 발언에 지휘부는 하나같이 동감을 표시했다. 이들이 이렇게 나오는 데에는 북방 사막화의 변화를 실질적으로 목격했기 때문이다.

대한제국은 전쟁에서 승리하면서 배상금 대신 고비사막 식목 사업을 요구했다. 청국은 이 요구가 무모하다고 생각했지만, 해마다 1억 그루의 나무만큼은 고비사막 주변에 꾸준히 심었다.

처음에는 별다른 변화가 일어나지 않았다. 그러나 시간이 지날수록 놀라운 현상이 발생했다.

지속적으로 식목 사업이 시행되면서 땅이 먼저 변화했다. 황무지에서 풀이 자라기 시작했으며, 놀랍게도 기후가 변하며 비도 자주 오기 시작했다.

이전이었다면 비가 와도 바로 말라 버렸다. 그리고 많은 비가 오면 주변을 물바다로 만들었다.

그런데 나무를 심고 풀이 자라면서 이런 현상이 빠르게 사라졌다. 나무가 커지고 풀이 자리면서 그늘이 형성되었고, 개울도 간간이 생겨났다.

이런 변화를 확인한 청국도 달라졌다.

청국의 수도 서안은 과거 한나라의 수도였던 장안이다. 고비사막의 사막화가 급속도로 진행된 원인 중 하나가 한나라 시절의 벌목이다.

한나라는 건국 초부터 흉노의 침략에 골머리를 앓아 왔다. 그래서 흉노의 침략을 사전에 알기 위해 만리장성 이북의 숲을 100여 년 동안 벌목해 왔다.

그 결과 만리장성 너머는 나무가 하나도 없는 황무지로 변했다. 그리고 장안은 해마다 발생하는 황사로 인해 엄청난 고통을 받아야 했다.

그런 서안이 녹지 사업이 진행되면서 황사가 눈에 띄게 줄어들었다. 결과가 나오면서 처음에는 어쩔 수 없이 시행하던 녹화 사업을 청국 황실이 적극 나서면서 크게 확대되었다.

대한제국도 녹화 사업을 진행해 왔다.

연경을 장악한 이듬해부터 청군 포로들을 대거 투입되었다. 지난 20여 년 동안 5만여 명의 포로가 전적으로 녹화 사업만 매달려 왔다.

체계적으로 양묘 사업도 진행했다.

몇 년을 키운 나무는 철저한 계획하에 조림 사업을 시행했다. 무려 5만의 인원을 지속적으로 투입한 덕분에 연경 북부에 널려 있던 황무지가 대부분 녹지로 변했다.

녹화 사업은 내몽골 지역을 급속히 녹지로 만들어 갔다. 이런 노력이 지속되면서 해마다 골머리를 앓아 온 황사는 눈에 띄기 줄어들었다.

대한제국 지도층은 이런 사정을 누구보다 잘 알고 있었다. 그래서 황제가 우려하는 북미 지역 사막화에 대해 다들 공감했던 것이다.

황제의 북미 순행은 이렇게 풍성한 결과를 안고 끝났다.

❋

샌프란시스코로 돌아온 황제는 며칠을 푹 쉬었다.

그러고는 태평양함대에 올라 하와이를 방문했다. 이 무렵 하와이는 완전히 경제적으로 대한제국에 예속화되어 속령이나 마찬가지였다.

황제가 진주만을 방문하자 하와이 국왕의 달려와 머리를 숙였다. 황제는 그런 하와이 국왕을 정중히 예우하며 그를 감동시켰다.

이어서 마리아나를 거쳐 유구에 도착했다.

유구 왕국은 200여 년 동안 시마즈 가문에게 모진 수탈을 당해 왔다. 그런 천형의 사슬을 끊어 주는 순간 대한제국은 해방군이 되었다.

유구는 자신들을 해방시켜 준 대한제국에 진심으로 굴복했다. 그리고 대한제국의 속령이 될 것을 국왕이 스스로 청원했었다.

이런 유구를 방문한 황제는 어마어마한 환영을 받았다. 황제가 방문하던 날 항구에서 왕성인 수리성까지 꽃길이 조성되었다.

오월의 유구는 온 천지가 꽃이었다.

그런 꽃을 주민들이 하나하나 따서 꽃길을 만들었다. 그것도 부족해 황제의 마차를 향해 꽃을 뿌려 주며 환영했다.

황제는 지극한 환대에 감동했다.

황제는 통조림공장을 세워 줄 것을 약속했다. 그리고 유구에 주둔하고 있는 대한제국 함대의 부식을 납품하도록 조치를 해 주었다.

유구의 인구는 20만 정도다. 이런 유구에 황제가 베푼 두 가지만으로도 큰 도움이 되었다.

이렇게 도움을 준 황제가 떠나던 날.

유구 백성들은 첫날과 마찬가지로 꽃길을 조성했다. 그러고는 많은 부녀자가 춤을 추면서 황제의 귀환이 무사하기를 기원해 주었다.

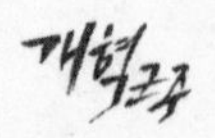

황제의 다음 여정은 대만이었다.

대한제국은 대만에 전략적으로 대규모 사탕수수농장을 조성해 놓고 있었다. 그리고 일부 지역은 쌀을 이모작으로 재배하고 있었다.

그래서 대만은 동양에서 쿠바와 같은 위상이 되었다. 대만에서 생산되는 설탕은 대한제국은 물론 청국 등지로 대거 팔려 나갔다.

덕분에 상무사와 여러 설탕공장은 막대한 이익을 거둘 수 있었다. 그리고 이모작으로 생산되는 쌀은 식량 자급에 큰 도움이 되고 있었다.

황제는 며칠 동안 대만의 곳곳을 둘러봤다. 그런 황제가 다음으로 상해를 찾았다.

"어서 오십시오, 폐하."

총독 오도원을 비롯한 많은 사람이 기함으로 올라왔다. 황제는 그들과 악수를 나누다 임상옥을 보고는 놀랐다.

"임 사장도 상해에 왔구나."

"예, 폐하. 이번 순행에 싱가포르가 빠져서 어쩔 수 없이 제가 상해로 올라왔습니다."

황제가 미안해했다.

"짐도 가 보고 싶었다. 그러나 싱가포르는 짐이 방문하기에는 아직 안정되지 않은 거 같았지. 그래서 짐이 찾아가면 공연히 짐이 될 거 같아 다음으로 미뤘던 거야."

임상옥이 거듭 아쉬워했다.

"폐하께서 그런 배려를 해 주셨다는 것을 짐작했습니다. 그러나 짧은 시간이지만 싱가포르는 지금 눈부시게 발전하는 중이옵니다."

"한족 이주가 싱가포르 발전에 도움이 되고 있나 보구나."

"그렇사옵니다. 폐하께서 이주를 풀어 주신 덕분에 수만 명의 한족이 이주했사옵니다. 그들이 우리의 정책에 적극 동참하면서, 상해만큼은 아니어도 단시일에 남방 최고의 무역항으로 거듭나고 있사옵니다. 이대로라면 몇 년 안에 말라카와 피낭을 가볍게 제칠 것으로 예상되옵니다."

황제가 기꺼워했다.

"임 사장이 이런 장담을 할 정도면 싱가포르의 발전이 대단한가 보구나."

"탄중피낭에 우리 수군함대가 주둔해 있는 것이 큰 도움이 되고 있사옵니다."

"임 사장의 선택이 신의 한 수였어."

임상옥이 얼굴을 붉혔다.

"황망한 말씀이옵니다. 소인의 선택이 어찌 신의 한 수까지 되겠사옵니까? 그러나 탄중피낭이 있는 빈탄섬을 군사지역으로 만든 결정은 잘한 것은 분명하옵니다. 싱가포르가 지금처럼 급속히 발전하는 까닭은 배후를 우리 군이 든든히 지키고 있는 효과가 지대하옵니다."

"맞는 말이야. 싱가포르에 대해 짐도 자세히 알고 싶으니, 사정은 조금 있다가 다시 듣도록 하자."

"그렇게 하시옵소서."

오도원이 나섰다.

"폐하, 내외 귀빈들이 대기하고 있사옵니다."

"오! 그러면 어서 내려가야지."

오도원의 안내로 황제가 하선했다.

드넓은 부두광장에는 백여 명이 넘은 사람들이 기다리고 있었다.

오도원이 설명했다.

"우리 귀빈들은 대부분 공장 대표이거나 사업가입니다. 그리고 외국 귀빈들은 영사들과 상관의 관장들이옵니다."

황제가 외국인들을 둘러봤다. 대기하고 있는 사람들의 상당수가 자국의 예복을 입고 있었다.

"내빈들을 먼저 보도록 합시다."

"예, 폐하."

황제가 내빈들과 인사를 나누었다. 이어서 각국 영사들과 외국 상인들과도 차례로 인사를 나누었다.

그런 끝에 반가운 사람이 서 있었다.

"오 행장! 오랜만이오."

오병감이 무릎을 꿇으려 했다.

그것을 황제가 급히 만류했다.

"과례는 비례요. 그러니 다른 사람처럼만 하시오."

오병감이 두 손을 모으고서 몸을 숙였다.

"황공하옵니다. 오가 병감이 천하의 주인을 뵙사옵니다."

황제가 그의 몸을 바로 세웠다. 그러고는 모아 쥔 그의 손을 잡았다.

"고생이 많소. 그런데 어찌 이리 몸이 마른 것이오?"

"황공하옵니다. 지난해부터 갑자기 몸이 갈증이 심해지더니 몸이 말라 왔습니다. 그래서 의원에게 보이니 소갈증이라고 했사옵니다."

"저런! 소갈이면 당뇨인데. 몸이 이렇게 마른 것을 보니 병증이 심한가 보오."

"예. 그래서 술도 멀리하면서 식단도 최대한 조절하고 있사옵니다."

"건강을 잃으면 모든 것을 잃는다고 했소. 그러니 철저하게 몸을 관리해서 짐과 함께 좋은 일을 많이 해 보도록 합시다."

오병감이 감격해 하며 몸을 숙였다.

"황감하옵니다. 폐하의 성려에 보답하기 위해서라도 철저하게 몸 관리를 하겠사옵니다."

"오 행장은 잘 해낼 것이오."

그렇게 오병감을 다독인 황제는 대기하고 있던 전용 마차에 올랐다. 이어서 오도원과 내외 귀빈들이 각자의 마차에 올랐다.

상해총독부는 부두에서 상당히 떨어져 있었다. 그래서 한동안 이동을 해야 했으며, 황제는 그러는 동안 상해 시가지의 모습을 찬찬히 훑어봤다.

상해는 대한제국이 북벌에 성공하기 전부터 개발을 해 왔다. 그러다 오도원이 총독에 취임하고 한족을 받아들이면서 엄청난 속도로 발전했다.

특히 본격 개방과 함께 여러 나라의 외교관도 다투어 진출했다. 덕분에 상해는 동양의 유럽이란 말이 나올 정도로 독특한 풍광을 자랑하고 있었다.

좀처럼 입을 열지 않던 황후도 이런 모습에 연신 감탄했다. 황제는 그런 황후를 보면서 흐뭇한 표정을 짓다 약속했다.

"언제라고는 약속하지 못하겠네요. 그러나 나중에 유럽을 함께 순방합시다."

황후가 놀라 눈을 크게 떴다.

"신첩과 함께 유럽을 가시겠다는 말씀이옵니까?"

"그래요. 황후께서 뉴올리언스보다 더 놀라는 모습을 보니 그러고 싶네요."

황후가 얼굴을 붉혔다.

"황공하옵니다. 신첩이 너무 경망되게 행동했사옵니다."

황제가 급히 손을 저었다.

"아닙니다. 절대 그렇지 않아요. 상해 풍광은 짐이 봐도 놀랍도록 아름답네요. 이대로 몇십 년이 흐르면 진짜 동양의 유럽이 되겠어요."

황후가 눈을 빛냈다.

"유럽에는 석조로 만든 아름다운 건물이 많다면서요? 외국에 나가 있는 화원들이 보내온 그림을 보면 신기한 건물도 참 많더군요."

"그렇더군요. 그러나 우리 황도도 유럽에 못지않게 아름답습니다. 그리고 깨끗한 정도로 따지면 세계 제일이고요."

"맞아요. 유럽에 주재했다 돌아온 외교관 부인들을 접견하면 하나같이 불결하다는 말을 먼저 한답니다. 특히 오물을 아무 데나 버리는 통에 곤욕을 치른 적이 한두 번이 아니라고 하고요."

"유럽은 아직 위생관념이 제대로 없습니다. 더구나 우리와 달리 도시 빈민이 넘쳐 나서 더 그러하고요."

황후가 연신 고개를 끄덕였다.

그러던 황후가 조심스럽게 입을 열었다.

"요즘 내명부 사람들을 만나면 태평성대라는 말을 자주 하옵니다."

황제가 놀라 반문했다.

"그런 말을 해요?"

"예, 폐하. 모두가 폐하께서 이룩하신 공적이란 말도 함께 하고 있답니다. 나라는 하루가 다르게 발전하고 있습니다. 곳간의 양곡은 넘쳐 나 보릿고개가 사라진 지 오래입니다.

더구나 나라의 강역은 넓어져서 천하의 인재들이 모여들고 있습니다. 이런 세상이 태평성대가 아닐는지요."

황제가 고개를 저었다.

"아닙니다. 아직은 멀었습니다. 태평성대는 신민들이 누가 정치를 하는지 모를 정도가 되어야 한다고 했습니다. 그렇게 되기 위해서는 나라가 그만큼 안정되어야겠지요. 그러나 우리 제국은 아직 부족한 것이 많습니다. 그중 인구가 아직 1억이 되지 않은 것이 가장 문제입니다."

"폐하께서는 이전부터 인구 1억에 대해 큰 관심을 기울이셨습니다. 지금도 인구가 많은데 인구가 1억이 되어야 하는 까닭이 있는지요?"

"예, 있지요. 자급자족을 이룩하려면 인구가 1억이 되어야 합니다. 그리고 우리 제국이 어떤 외세에도 당당히 맞서기 위해서는 2억 정도의 인구가 있어야 하고요."

"그 정도나 늘어나야 합니까?"

놀라 눈을 크게 뜬 황후의 모습에 황제가 웃었다.

"하하! 걱정 마세요. 지금의 인구증가 속도라면 10년 안에 1억 인구가 달성됩니다. 그리고 20여 년이 더 흐르면 2억 정도가 될 것이고요."

황후가 놀라워했다.

"그렇게나 인구가 급속히 늘어나옵니까?"

"그렇습니다. 우리나라가 발전하는 속도도 과거에 비하면 엄청나게 빨라지고 있습니다. 마찬가지로 인구도 비슷하게 급증하게 되어 있습니다. 짐은 그렇게 생각합니다."

황제의 눈빛이 아스라해졌다.

"대륙과 북방을 포함한 본토의 인구가 2억이 되고 북미의 인구가 1억이 되는 날. 우리 대한제국은 진정한 천하제일 대국이 될 것입니다. 그때가 되면……."

황제는 한동안 마음속에 품고 있던 계획을 설명해 주었다.

그 말을 들은 황후는 마치 꿈을 꾸는 기분이어서 믿을 수가 없었다.

그러나 하늘인 황제의 말이었다.

지금까지 황제는 자신이 한 말을 이뤄 내지 않은 것이 없었다. 그래서 황후는 연신 동조하면서 부디 그런 세상이 왔으면 좋겠다고 몇 번이고 빌었다.

이러는 동안 황제 부부가 탄 마차가 천천히 상해 도심을 가로질렀다. 그런 마차의 정면으로 3층으로 된 상해총독부가 위용을 드러냈다.

❁

상해와 구주를 둘러본 황제는 부산에서 열렬한 환영을 받았다. 그렇게 재개된 순행은 본토와 대륙으로, 그리고 몽골과 북방으로 이어졌다.

황제는 철도가 지나는 모든 고을을 둘러봤다. 그리고 철도가 개설되지는 않았으나 꼭 둘러봐야 할 곳은 일부러 찾아가 살펴봤다.

황하 전승기념비에서는 황제 부부가 큰절을 하며 호국영령들을 위로했다. 녹화 사업이 진행되고 있는 내몽골과 황토고원을 둘러볼 때는 이전과는 확연히 달라진 환경에 더없이 만족해했다.

몽골에서는 청국이 진행하고 있는 고비사막 녹화 사업도 둘러봤다. 황제는 예상보다 조림이 잘되는 모습을 보고는 청국 황제에게 특사를 파견해 치하하기까지 했다.

바이칼에서는 토착 신앙의 성지인 알혼섬에서 천제를 지내기도 했다.

그렇게 모든 지역을 둘러본 황제가 늦가을이 되어서야 귀환했다.

황제의 순행은 놀라운 효과를 가져왔다.

가장 큰 효과는 주민 화합이었다.

황제는 순행을 하면서 한족에 대해 조금의 차별도 두지 않았다. 일부러 한족 마을 몇 곳을 들러 우리말 학교를 참관하고는 포상하고 격려했다.

한족의 반란 이후 대한제국은 남은 한족들에게 공평한 기회를 부여해 왔다. 그러나 아직 만리장성 이북으로의 이동은 제한을 받고 있었다.

그런데 황제가 차별을 털어 내는 행동을 취한 것이다. 이 일이 소문이 나면서 한족들은 자발적으로 정부 정책에 호응하는 경우가 크게 늘었다.

그리고 물류 산업도 자리를 잡았다.

국토종단노선이 개통되면서 거대한 물류 흐름이 형성되었다. 그런 물류에는 사람의 이동도 포함되어 있어서 본토와 북미의 교류가 폭증했다.

공업 발전도 가속화되었다.

황제가 국토종단노선을 통해 대륙을 건넜다는 소식에 세상이 놀랐다. 그러면서 기술이 세상을 바꾼다는 사실도 알게 되었다.

전국의 대학에 기술 관련 학과가 대거 들어섰다. 실기를 담당하는 실업계 고등학교도 대폭 늘어나면서 학생들에게 다양한 진로의 기회를 제공할 수 있게 되었다.

정부도 적극 나섰다. 기술입국 구호를 내걸면서 이런 분위기를 최대한 살리려 노력했다.

그러고는 전폭적이고 다양한 방식으로 지원해 주었다. 이렇듯 대한제국은 모든 신민이 일치단결해 국가 발전을 위해 최선의 노력을 경주했다.

그리고 30년이 흘렀다.

⁂

1852년, 봄.

황제가 선양했다.

황제는 지난해부터 선양을 공식 거론했다. 당연히 나라는 발칵 뒤집혔으며, 황태자는 석고대죄를 청하면서까지 만류했다.

그러나 황제의 의지는 단호했다.

그동안 대한제국은 황제의 예상대로 폭발적인 성장을 해 왔다. 기반 기술이 제대로 갖춰지면서 황제의 이전 지식이 하나둘 실현되어 놀라운 기술 발전을 이룩해 왔다.

인구도 급격히 늘어나 2억에 육박할 정도로 많아졌다. 자립기반은 물론이고 세계 경제를 확실하게 주도하게 되었다.

이러는 동안 황제의 나이도 어느새 육십을 넘겨 버렸다. 그동안 황제가 바라던 거의 모든 일이 달성되었다고 해도 과언이 아니다.

그러나 오직 하나.

마지막으로 하고 싶은 일이 있었다.

그 일을 위해 황제는 연초에 황태자에게 선양했다. 그리고 봄이 되자마자 황태후와의 약속을 지켜 주기 위해 함께 유럽을 순방했다.

태황제의 순행에 유럽이 들썩였다.

모든 나라가 태황제를 반겼다. 특히 대한제국과 인연이 깊은 러시아와 영국은 태황제 부부의 방문에 거국적으로 환영식을 열어 주기도 했다.

유럽을 순방한 태황제가 마지막 남은 일을 위해 대륙의 끝으로 갔다.

시베리아의 끝인 소도는 물류 산업이 발달하면서 큰 도시로 발전해 있었다. 그런 소도에 도착한 태황제는 곧바로 바다 방면으로 이동했다.

태황제가 도착한 곳에는 엄청난 크기의 기계가 조립되고 있었다.

태황제는 처음 해협을 건널 때부터 해저터널을 생각하고 있었다. 그래서 대한제국의 모든 대학에 토목공학과를 적극적으로 육성했다.

그리고 유럽에서도 많은 토목공학자를 초청했다. 그렇게 초청된 공학자 중 마크 이점바드 브루넬(Marc Isambard Brunel)이 있었다.

마크 브루넬은 위대한 토목공학자였다.

대한제국에 초대된 그는 수많은 터널과 교량 건설에 참여했다. 특히 터널 공사에 필요한 새로운 공법을 발명하면서 토목공학의 이정표를 만들었다.

그러한 그의 토목 기술은 아들인 이점바드 킹덤 브루넬(Isambard Kingdom Brunel)에게로 이어지면서 화려하게 꽃을 피웠다.

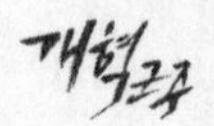

태황제가 모습을 보이자 브루넬과 몇 명의 기술자들이 달려왔다. 태황제가 그들과 반갑게 인사를 나누고는 질문했다.

"기계를 조립하는 데 얼마나 걸리겠나?"

브루넬 교수가 대답했다.

"사흘 정도 더 걸릴 거 같습니다."

태황제가 기대감을 숨기지 않았다.

"짐의 평생 숙원이 사흘 후부터 시작된다는 말이구나."

"예, 폐하. 맞은편의 희망에서도 동시에 굴착이 진행될 것입니다."

"측량은 문제가 없겠나? 측량이 잘못되면 우리는 막대한 비용과 시간을 포기해야 해."

브루넬이 장담했다.

"걱정 마십시오. 그래서 저희도 측량을 위해서만 무려 3년 동안 작업을 했습니다. 그리고 중간에 2개의 섬이 있어서 작은 문제는 교정이 가능하옵니다."

황제가 크게 고개를 끄덕였다.

"그래, 알겠네. 짐이 그대들을 믿어야지, 누구를 믿겠어."

태황제가 주변 사람을 둘러봤다.

"20년을 예상하고 시작하는 작업이다. 그러니 절대 서두르지 말고 천천히 그리고 정교하게 작업에 임하도록 하라."

"명심하겠습니다."

그리고 사흘 후.

쿵! 쿵! 쿵! 쿵!

드디어 터널굴진기계가 육중한 기계음을 내면서 가동되었다. 이 기계는 최초로 대형 내연기관이 장착되어 있으며, 전면부에는 다수의 회전칼날이 장착되어 있었다.

브루넬이 보고했다.

"폐하, 명령을 내려 주십시오. 태황제 폐하의 황명에 따라 굴진기를 가동하려고 합니다."

태황제가 사람의 몇 배나 되는 거대한 기계를 잠시 바라봤다. 그러던 태황제가 숨을 크게 들이켜고는 굳은 표정으로 명령했다.

"굴진을 시작하라!"

윙!

태황제의 명이 떨어지자 굴진기의 전방 칼날이 회전을 시작했다. 그런 굴진기는 레일을 따라 천천히 앞으로 나아갔다.

태황제는 그 모습을 눈도 깜빡이지 않고 바라보다, 고개를 들어 바다 건너를 보았다. 그런 태황제의 눈에는 바다를 관통해서 달리는 기차가 선하게 그려지고 있었다.

《개혁 군주》 마칩니다

ROK
MEDIA
로크미디어